ジューイッシュ・コミュニティ

ユダヤ系文学の源泉と空間

広瀬佳司 伊達雅彦 編

彩流社

はじめに　「ジューイッシュ・コミュニティ」

――ユダヤ系文学の源泉と空間――

広瀬　佳司

二〇一九年のアメリカの各州のユダヤ人人口を見てみると、①ニューヨーク州　一七六万人、②カリフォルニア州　一一八万人、③フロリダ州　六十二万人、④ニュージャージー州　五十四万人、⑤ペンシルベニア州　二十九万人、⑥イリノイ州　二十九万人、⑦マサチューセッツ州　二十九万人、⑧メリーランド州　二十三万人、⑨テキサス州　十六万人、⑩ヴァージニア州　十五万人、の順である。

私が過去に講演旅行で訪れたアメリカのジューイッシュ・コミュニティは、ほとんどすべてがこのリストに入っている。イリノイ州とヴァージニア州以外は、各州の大学やジューイッシュ・コミュニティの中心になるシナゴーグで講演をしたことで、各地の多くのユダヤ人と交わる機会があった。言葉を交わしたユダヤ人の数も、過去二十数年で二〇〇〇人を超える。州や都市によって様々なので、アメリカのジューイッシュ・コミュニティとはどのようなものかを一言で説明することは不可能である。

当然のことだがニューヨークは正にジューイッシュ・コミュニティの中心地である。いたるところにシナゴーグがあり、またコーシャー・レストラン（ユダヤ律法に基づいた清浄な食事を提供するレストラン）も豊富だ。私が客員教授として数か月過ごしたニューヨーク市立大学ブルックリン・カレッジは、正統派のユダヤ人街に囲まれている。バーナード・マラマッドの作品『アシスタント』の舞台になっている地区も近い。まさにアメリカのユダヤ社会である。日本人としては希有なことだが、正統派のラビの家に下宿し、ラビ夫妻から食事に招かれたり、談笑をしたりする機会に恵まれ、コミュニティの生《なま》の生活を肌で感じることが出来た。そこはまさに正統派コミュニティであった。コミュニティのユダヤ人が、最初は怪訝そうな表情で窓から私を覗いていた。アジア系の人間がその正統派のコミュニティをうろつくことはほとんどなかったようだ。しかし、しばらくすると、私の身元がラビ夫妻を通して知らされたようで、通りで私に声を掛けてくれる人も出てきた。また、正統派の営むコーシャー・レストランにもしばしば訪れたので、そこの主人たちと親しくもなった。すべて、イディッシュ語のお陰である。実際、私がこのコミュニティに溶け込むことが出来たのも、イディッシュ語が話せたことによるところが大きい。

フィリップ・ロスが好んで作品に描くニュージャージー州はニューヨークに通勤可能なので、ニューヨークの一部と見なしてもよいくらいだ。ユダヤ教にはあまりこだわらず、さまざまな民族が自由に交わるコミュニティであり、裕福な住宅地区である。おそらく、フィリップ・ロスの『さようなら、コロンバス』に出てくるような保守派や改革派という正統派のコミュニティから距離を置くユダヤ人が大半であろう。私がお世話になったユダヤ系のアメリカ人歯科医も、一週間の滞在中、一度もシナゴーグへは行くことはなかった。また、邸宅の玄関や各部屋にもメズーザー（ユダヤ式お守り）は取り付けられていなかった。

十数年前に、メリーランド州にあるシナゴーグに招かれて講演をした時には、正統派のジューイッシュ・コミュニティが狭い地区に集中していた。土曜の安息日には多くの人々がそれぞれのシナゴーグに歩いて向かう。映画に出てくる、戦前のロシア・東欧のユダヤ社会を彷彿させる宗教世界の光景だ。黒装束の超正統派の人々の姿も多く見られた。安息日（土曜）の朝、皆が歩いてシナゴーグへ出かけるのを見たのは、ロンドンのスタムフォード・ヒルの正統派ユダヤ教コミュニティに滞在した時以来である。

ジューイッシュ・コミュニティで講演をする場合はシナゴーグが多い。そのためか安息日を終えた翌日、つまり日曜日が多い。私にとって、前日にはラビがユダヤ教の祈りをした同じ説教台で、聖書では許されない現代文学の講演をすることには最初少し抵抗があった。背後には、モーセ五書の巻物が立てかけられているアーク（大きな仏壇のようなもの）がある。この辺がユダヤ人特有の聖と俗の概念であろう。安息日は聖所となり、それ以外は俗（非宗教的）な空間に変貌する。日本では、私がお寺の本堂で男女関係を描く文学の話をすることはあまりないであろう。「聖」なる空間は、そこに集まるユダヤ人によって規定され、存在する。安息日には、どのシナゴーグでも玄関のところにキパ（ユダヤ人の室内帽）が置いてあり、室内に入るときは必ずこれを頭に付けなくてはならない。ところが、翌日の日曜日の私の講演にキパを付けている人は少ないので、私のような部外者には初め不思議に映った。つまり、アメリカのジューイッシュ・コミュニティとは、目に見える街並みだけでなく、内面の「聖と俗」意識によって成立している、ということだろう。

一方、アイザック・バシェヴィス・シンガーの文学やシンシア・オジックの作品『ショール』でも描かれているように、フロリダ州は、ニューヨークでお金を貯めた裕福なユダヤ人が老後を過ごす保養地でもある。私が訪れたボカラトン（Boca Raton）では、安息日になるとシナゴーグに二〇〇〇人超の年配のユダヤ人が集まっていた。温暖な気候と自由を求めて、多くのユダヤ人退職者たちはフロリダに移り住んでいるようだ。フロリダのような広い州に住んでいれば、安息日には使用を禁じられている自動車も使わずシナゴーグに来る人は、ほとんどいない。掟を破ってでもひと時の精神的なジューイッシュ・コミュニティを求めて集まるのであろう。アイザック・シンガーの実兄にあたるジョシュア・シンガー（一八九三―一九四四）の作品『ヴィリー』（一九三七）にも、主人公ヴィリーのニューヨーク州にある農場に、たくさんの金持ちのユダヤ人が、伝統的な宗教空間に憧れて高級車で訪れる状況が描かれている。そこには、失われつつあるジューイッシュ・コミュニティを求めていることが窺われる。

フロリダ州のボカラトンは低地で広大であり、温暖な気候のためにヤシの木が街路の両側に見渡す限り続く。アメリカ文学・ホロコースト学で著名なアラン・バーガー教授のフロリダのお宅にお世話になり、私も車でシナゴーグを訪れた。シナゴーグの中は広く、大勢のユダヤ人で埋め尽くされているのを見て感動した。まさに、精神的なユダヤ教コミュニティである。このように、目には見えない宗教的な空間が、一人ひとりのユダヤ系アメリカ人の特殊な心という空間を形成しているのだろう。

スタインベック協会の会長を務められていたミミ・グラッドシュタイン教授に招待されて、テキサス州の端に位置するエル・パソという田舎町を二度ほど講演で訪れたことがある。テキサス大学エル・パソ校（UTEP）へ招聘されて当地を訪れた時にジューイッシュ・コミュニティを期待したが、あまりに広い州であり、ニューヨークのような物理的な空間を、エル・パソでは見ることは出来なかった。事実、私が知る限りでは、テキサスを舞台にしたユダヤ系の作品はめったにお目にかからない。ただ、テキサス大学オースティン校にはアイザック・シンガーの文献・原稿・机など大掛かりな収集がなされているようだ。

サンフランシスコにあるコングリゲーション・エマニュエル教会は会員二一〇〇家族が属し、「新年祭」などの祭日には三〇〇〇人を超えるユダヤ人が集まるという西海岸を代表するシナゴーグである。第二次大戦中にユダヤ人を救済した小辻節三もここを訪れている。改革派や保守派の人々の集まりで、建物も遠目にはモスクのようだ。サンフランシスコにいる大勢のユダヤ人の若者も、安息日には伝統的なジューイッシュ・コミュニティを求めて集まるようだ。正統派とは異なり、男女は当然のように、同じ席で祈る。私が訪れた時にはテレビ局のカメラも入り、広々とした庭には晩さん会の準備がなされ、多くのサンフランシスコ・ジャイアンツのプレイヤーが盛装して集まっていた。何事かと思いながら混雑するシナゴーグに入ると、シナゴーグ内では球団のユダヤ人オーナーの孫娘のバス・ミツヴァ（ユダヤ式女性の成人式）が行なわれていた。シナゴーグ内では男性はキパを付けているが、それ以外の雰囲気はキリスト教会と全く変わらない。

このように、アメリカのジューイッシュ・コミュニティだけでも様々である。決して、一般化はできないだろう。そうした多岐にわたるジューイッシュ・コミュニティの感覚が、具体的にいかなる文学作品や映画で、いかにその機能を発揮しているのかを探るのが今回のテーマである。

第一章　アンジア・イージアスカの描出するジューイッシュ・コミュニティには、そこに留まり移民街の美を伝達する登場人物と、その空間の出入りが契機になり成長が促される主要人物たちの両者が描かれる点に江原雅江は着目している。ユダヤ系移民としてイージアスカは、物理的には戻ることのできない現実を罪悪感や虚無感から救う試みとして、心理的にはジューイッシュ・コミュニティに寄り添いながら創作を続けた。

第二章　アイザック・バシェヴィス・シンガーの『奴隷』に描かれるポーランド人のコミュニティとユダヤ人のコミュニティを今井真樹子が比較した。パラレルに描かれる二つのコミュニティは、それぞれ人間の醜さや愚かさを露《あらわ》にしながらも、その中に一筋の光を包含している。シンガーの描く二つのコミュニティはこの地上で交わることはなくても、やがて天のコミュニティで融合すると今井は結論付ける。

第三章　シンガーの描いた精神的ジューイッシュ・コミュニティが、イディッシュ語という言語に内在することを『メシュガー』をとおして広瀬佳司が明らかにする。ユダヤ人にとっては、使用言語を選択することが大きな決断になる。戦後のイスラエルでの世俗言語である現代ヘブライ語、紀元九世紀にドイツのラインラントで成立するイディッシュ語、そしてアメリカへ移住した東欧・ロシアからのユダヤ移民の新たな言語である英語によって、彼らのコミュニティ感覚がいかに変化するのかを探っている。

第四章　マラマッドが描くジューイッシュ・コミュニティの特徴は共同体感覚の強さにあり、ユダヤ人は世界に離散していても精神的な絆で結ばれている、というのが鈴木久博の論である。「最後のモヒカン族」では、ローマを訪れたユダヤ系アメリカ人の主人公が、ユダヤ人の歴史に触れて自らのアイデンティティに覚醒し、この共同体感覚からユダヤ難民を受容する。旧ソ連を舞台にする「引き出しの中の男」では、この感覚が、人類という普遍的な共同体感覚として用いられ、主人公が相手の要求を受け入れる要因となるのだ。

第五章　第二次世界大戦後、安全と豊かさを享受していた郊外のジューイッシュ・コミュニティの住人が、ホロコースト生存者のグループに対して示した非寛容な姿勢を描いたフィリップ・ロスの「狂信者イーライ」を杉澤伶維子が扱う。白（明るさ）と黒（暗さ）の対照に注意を払いながら作品を分析することで、アメリカ社会が建国から現在に至るまで行なってきた、同化と排除の歴史の反復として読むことが可能である。

第六章　二十世紀の恐るべき悲劇のトラウマは、ホロコーストの子供たちを生み出した。内面に「鉄の箱」を抱く彼らが構築を目指すユダヤ人コミュニティを眺め、ホロコーストの子供たちが、いかにしてコミュニティを形成したのか。彼らの中で、ヘレン・エプスタインの著作活動は、コミュニティ建設に関してどのように集約されるのか。そして、現代においてこのようなコミュニティの存在意義は何か、を佐川和茂は問う。

第七章　ポール・オースターの『ブルックリン・フォリーズ』を内山加奈枝が扱い、同時多発テロが迫るニューヨークを舞台に、離散していたユダヤ系一族が新たなコミュニティを形成する過程を考察する。書物から引用し、テクストと対話することで、現在を過去に繋ぎ、同時に未来に希望を託すオースターのコミュニティを理解するため、ユダヤ系ドイツ人の批評家ヴァルター・ベンヤミンの歴史観を参照している。

第八章　九・一一を契機とする「新しいエルサレム」前後の二つの映画を中村善雄が取り上げ、超正統派社会の束縛に反発する女性たちに焦点を当てている。『しあわせ色のルビー』（一九九八）では、女主人公は性道徳や食事規範からの逸脱、異民族との交わりによって宗教的抑圧に対抗し、『ロニートとエスティ』（二〇一七）ではレズビアン関係によってコミュニティを攪乱する。そうした女性たちの抵抗の在り方とユダヤ社会の反応を時代の変遷と共に読み解く。

第九章　ユダヤ系映画監督バリー・レヴィンソンの『ダイナー』（一九八二）、『ティンメン』（一九八七）、『わが心のボルチモア』（一九九〇）、『リバティ・ハイツ』（一九九九）という所謂ボルチモア・シリーズの主人公たちは皆ユダヤ系である。これら四作品には、彼のユダヤ系アメリカ人としてのアイデンティティが表出している。レヴィンソン作品に表象されるユダヤ人や彼らを取り巻くジューイッシュ・コミュニティを考察し、その特徴を炙り出したのが伊達雅彦の論である。

このように、ユダヤ系アメリカ文学作品のみならず映像作品も含めて「ジューイッシュ・コミュニティ」という新たな切り口で、その様々な特質についてユダヤ系文学・映像を論じた。今までになかった視点を通して、ユダヤ系文学世界の新たな側面を多くの読者に感じ取ってもらえれば編者として幸甚である。

目次

索引

第1章　アンジア・イージアスカの描くジューイッシュ・コミュニティ

――「開いた鳥かご」を中心に――

江原　雅江

1　はじめに

二十世紀の幕開けを前後してロシア・東欧からはるばる海を越え、エリス島やそれに先立つキャッスル・ガーデンでアメリカに入国したユダヤ系の移民たちは、ニューヨーク・マンハッタンのローワー・イーストサイド（Lower East Side）に独自のジューイッシュ・コミュニティを築く。ここでは、イディッシュ語を母語としたユダヤ系の移民たちが、アメリカで生活を始めるにあたって築くに都合の良い、港にほど近いこの移民街・ゲットーをジューイッシュ・コミュニティと定義づけて扱うことにする。当時は世界的に見ても希有な人口密度を誇る地域だったものの、移民たちの同化や経済的上昇に伴って一九五〇年代には多くのユダヤ系アメリカ人は去り、解体に向かう。この移民街を社会の不正を告発する手段として、或いはノスタルジックに思い起こす場所として描くユダヤ系の作家はマイケル・ゴールド、ヘンリー・ロス、エイブラハム・カーハン、ローズ・コーエンなど枚挙にいとまがない。アンジア・イージアスカ（Anzia Yezierska）（一八八〇?―一九七〇）の初期の短編では一部を除き、その地を新世界への落胆の象徴・逃げ出すべき場として捉えている。そして、ゲットーは先着のユダヤ系アメリカ人や、ワスプ（White Anglo-Saxon Protestant）の中産階級の男性や教師たちに連れ出してもらうことを心待ちにする待合所のような趣を持つ。しかし、自らがミドルクラスの一員となりゆく作家は五つの長編などにおいて、そこに別の彩《いろどり》を添え、忌避し逃げ出すべき場所から独自の世界として描いてゆく。

ディアスポラのユダヤ人は移動を常とし、よりよき空間を追求しつづけることは周知である。イージアスカの長編をはじめとするヒロインたちは、鳥かごとも思しき移民街を後にし大空を経験しても、よりよき空間としてその開いている鳥かごに戻る。ここでは死後に出版された「開いた鳥かご」（"The Open Cage"）（一九七九）をイージアスカにとっての移民街を総括する象徴的な作品として捉え、インスピレーションの源泉としての空間を論じてゆく。まず、初期の代表的な短編「贅沢なくらし」（"The Fat of the Land"）（一九一九）におけるイージアスカにとっての劣等感や罪悪感を考察する。また、生き生きとした描写のたくましい登場人物が移民街に彩を添える、看過できない事実を指摘する。それにより、最後にコミュニティの内と外の両者を知るイージアスカが見出す美を探る。

2　鳥かごと移民街

老いたイージアスカは、実際に小鳥がハドソン川沿いの窓から飛び込んできた出来事を忘れることができなかった。晩年の「開いた鳥かご」に向けてテープレコーダーを利用し口述筆記させ、二、三年かけてこれを推敲していったという（Henriksen 二八九）。ボストン大学図書館のコレクションにもこのテープが残っており、三十分以上とりとめもない話が続くのだが、余分なものをそぎ落とし短編として昇華した執念とも見なされる過程が想像される。

この短編の語り手は当時のイージアスカと同一視できそうな老女である。作家と多くの語り手やヒロインとの距離が近いことは、イージアスカ文学の特質でもある。本来の収容人数の六倍の住人を収容している安アパートは、プライバシーもほとんどなく、他の住人たちが作り、食べる料理の匂いがこもり、ニューヨークの寒い冬でも窓を開けて空気を入れ替えなければならない。共同の浴場は夜遅くには汚れており、それを逃れて早朝に入ると、物音で目を覚ますことを嫌う浴場近くの部屋の住人が浴槽の栓を隠してしまう始末である。短いエピソードの中にも、匂い・冷気・汚れ・音など、感覚としてその不快感が直接伝わり、語り手は自らの住処を家（home）ではなく牢獄（prison）とし、身体が死ぬ前に魂が死んで久しいような場所だとしている（*Cage* 二四六）。終の住処としてはあまりに粗悪で、老いてなお腹立たしさに暴言を吐く（"Damn them all!"）語り手の生命力にはイージアスカの変わらぬ気性の激しさが垣間見られるとともに、理屈よりも感覚を重んじる作家としての一貫した姿勢が理解できる。野生の鳥は鳥かごの中にいては人の手から餌を受け付けない。そこで、しぶしぶ語り手が鳥かごを開く、というプロットからは明白なタイトルだが、「開いた鳥かご」ということばは、本来鳥かごは閉じていてはじめてその機能を果たすため一見矛盾する。この短編は、鳥は放たれても語り手たちはその牢獄のような鳥かごに帰っていくという結末だが、そのかごも開いているからこそ戻れるし、とにかく居場所はある。しかし、短編の主要人物の中にはそのジューイッシュ・コミュニティを出たばかりに居場所を失う者もある。

語り手の父親がヘデル（Chadir）（ユダヤ式塾）として自宅で子どもたちに学ばせることが、ロシア皇帝ツァーの勅令にそぐわないとしてコサック兵に脅かされる様子が描かれることがある。先祖がその地に眠る生まれ育った村でもロシアではよそ者扱いであり、アメリカに押し出され「黄金の国」にたどり着くが、語り手の多くは自身の場所を容易には見出せずにいる。臭気や汚れなどを伴う三等船室をものともせずニューヨークに降り立っても、また劣悪な環境である。「店や家がひしめき合い、ぼろ服が干してあり、汚い布団が窓からずるずるとはみ出し、灰入れやゴミ箱が道端に散らかっている」（*How I Found America* 以下 *America* 一一三）。その当時のローワー・イーストサイドの人口密度を考え合わせると、短編「開いた鳥かご」の語り手の収容人数を超えた住人や匂いのこもるアパートは、たとえその住所がリバーサイド・ドライブであるにしろ、イージアスカの読者にはテキストに散在する移民街を髣髴《ほうふつ》とさせるようである。ロシア領ポーランドやニューイングランドの田園にもまた貧困など類似の状況を見出すものの、作家はニューヨークという都市の一隅を常に起点にしていたのである。

イージアスカの短編のハリウッド映画化以前の極貧時代の語り手やヒロインは、主に移民の若き女性たちで、身体的・精神的な「飢え」が扱われる。ゲットーへの落胆、貧困とその告発、教育の欠如、ワスプへのあこがれと上昇志向がつづられ、移民街はそれらを包括する。短編の語り手たちにとっては教育や恋愛を契機に豊かな生活・自由の享受への夢と動機につながる、まさに粗末な鳥かごである。また、舞い戻ることもできる開いた場所としても位置づけられるだろう。

3　安らぎと恥のせめぎあい

センチュリー・マガジン誌（*Century Magazine*）初収の「贅沢な暮らし」は、一九一五年から開始している編集者エドワード・オブライアン（Edward J. O'Brien）による一九一九年『最優秀短編』（*The Best Short Stories*）に選ばれている。初期に書かれているが、他の短編の若き登場人物たちの「飢え」とは異なり、複雑な問題作である。

三人称語りのハナ・ブレイネ（Hanneh Breineh）の数年にわたる記録では、まずポーランドの良家出身のハナの移民街（Delancey Street）での子沢山の貧しい過去が、そして子どもたちが成長し成功する中では、置き去りにされる母親としての怒り、哀しみがつづられる。子どもが幼いころは、危ない目に遭えば半狂乱になり大騒ぎをして嘆き、元気に空腹を訴えれば大食らいと子供を責め、その空腹を満たしてやれぬ貧しさを嘆くハナは、ついには子どもを亡くした母親を羨むこともある。傍らで見つめるペレツ夫人（Mrs. Pelz）は慰め諭すが、ハナはいつも聞く耳を持たない。

しかし、夫が遺産を遺し子供たちも成功した後、移民街を出て贅沢な身なりをしている。ゲットー外での生活にも満たされないものを感じるハナは、「午後は使用人がいないから快適だわ。台所で自由な人みたいに呼吸できるのよ」（*America* 八六）とキッチンに居場所を見出している。ハナは、使用人に見下されることを恐れ嫌っているとはいえ、使用人を持つほど裕福で自由なはずである。ハナ本人によると、ポーランドでは慣れ親しんでいたはずである豊かな生活に馴染めず、子供たちにも恥さらしだと見なされている。通常、裕福な人は自分より身分の低い召使いに取り囲まれて生活していても、召使いの存在に巻き込まれない。しかし、ゲットーに由来する劣等感ゆえに、たとえ使用人であっても、その移民街出身者ではない他者によってハナは大きな影響を受ける。移民街（ジューイッシュ・コミュニティ）という鳥かごを出た自由なはずの空間においても、窮屈な思いをしているのである。

「牛は舌が長いというわよね、でも牛は話すことができないのよ」……「子供たちは何でも最高のものを与えてくれるわ、……もしハトのミルクが欲しいといえば、買ってくれるでしょうとも。でも、でも私はあの子達の言葉では話すことができないのよ。子供たちは母親にアメリカの淑女になってほしがっているけれど、私は違うのよ」……「私は貧しかったころ、自由だった。そして怒鳴ることもできたし、自分の家で好きなことができた」……「使用人が台所のテーブルで食事しているところを見たら、足元のゴミみたいに私を見下すでしょうよ」(*America* 八八)

確かに共に暮らす娘のファニーにとって、上流の人との付き合いの中では母は隠したい存在である。パリの最高級の服を着せても、どこからでも母の移民街が飛び出してしまうので、母が口を開けば台無しであると兄弟にこぼす。教育を受けても粗末な身なりにより歴然とした階級差を埋められないヒロインが、短編には多く登場する。一方、ここでは外見を取り繕っても教育の欠如により階級差を超越できない。

やがて、簡易キッチンしかない住居に引越しを余儀なくされると、ハナは台所という居場所さえも取り上げられる。テーブルマナーが身につかないままに他人の目のある食堂で食事をせねばならないため、自分が存在している最後の理由を取り上げられたように感じる。移民街で昔のように買い物をしても、高級住宅ゆえ、規則により購入した魚を自分で持ってあがってはならないと諭される。その口論の最中、友人を連れてきたファニーにばったり出会うハナは、「私が思い出すことといったら、私たちが大食らいだって、お母さんがいつも私たちをののしりあざけっていたことだけよ」(*America* 九三)と言われ、ついに家を飛び出す。

友人のペレツ夫人は、夫をハナの息子の会社に雇ってもらいたいと頼むほど貧しいままで、移民街に暮らしている。ハナはほかに身を寄せるところもなく、泊めてもらいたいと無理なお願いをする。しかし、ペレツ夫人の家のぼろの寝台、壁に這う虫やネズミ、そして悪臭に囲まれた場所では、毛皮を着て鳥の羽の着いた帽子をかぶった現在の成り上がったハナには不愉快である。同じ言葉で自己表現できる精神的安楽はあれど、もはや身体的には我慢ができず、ハナは居場所を完全に失ってしまっている。

「息子のベニーが書くような劇を、アメリカ生まれの母親の子供たちがなぜ書けないのかしらねぇ。立派な人（person）になる機会がなかった私のおかげなのよ。私があの子の頭の中に火をともしたのよ。学校に行って、英語を学ぶ機会があれば、私になれないものがあったかしら？　……子供たちの中で燃え盛っているのは、そしてアメリカで子供たちを立派にさせているものは、抑圧された私や先祖たちの思想や感情なのよ。なのに、子供たちは私を恥じるのだわ」（*America* 九四）

親は子供と同じ言葉を話せないし、子供は親と同じ言葉を話したがらない。子供たちにとっては、イディッシュ語といえば母の罵倒でしかないのかも知れない。同化の試みの中で、社会との接触のある男性や子供たちは着実に英語を身につけてゆく一方で、家庭の母親たちが英語からもっとも遠い状態となっていた。置き去りにされ、ひいては教育を施される前の子供のように劣った存在として位置づけられていた（Ewen 九六）。そして、実際イージアスカの母親も通りの名前が読めるようになったことを無邪気に喜んでいた。独特な移民街というコミュニティでは、移民の世代間の隔たりが顕著なのである。

イージアスカの短編の多くで英語による自己表現を手に入れた語り手は、理解者の存在を礼賛して物語を締めくくる。しかし、ハナはロシア領ポーランドから渡航した後、アメリカの移民街という鳥かごに戻る方法を知らぬまま、受動的に子供たちによって鳥かごの外に連れ出される。ペレッツ夫人は「贅沢なくらし」（創世記四五章一八節に由来）なのだから、夫人の境遇とは違うことを神に感謝し家に戻るようたしなめる。成功した子供たちはもはや移民街を受け付けない。つまり、自由な鳥はかごの中で人からの餌を受け付けない。ペレッツ夫人は移民街という鳥かごを出たハナの自由を「贅沢なくらし」と呼ぶが、使用人の評価さえも気に病むハナは卑下して人前で食事することもできない。子供が成功してから笑ったこともなかったハナは「贅沢なくらし」と叫びながら、苦々しく激しく、涙を流しながら笑い始める。大空に戻る自由こそがハナにとっての不自由であることの皮肉に気づいたが、明確に自らの言葉で言語化することができず、感情をほとばしらせるしか手立てがない。鳥かごに戻ることは生理的に不可能でもある。

さきの引用にある「抑圧された私や先祖たちの思想や感情」には、イージアスカの代弁者的要素が想起される。お気に入りの息子ベニーにはアメリカ生まれの母親の子には書けない脚本を書き続けていくことが望まれる。大統領も観劇に来るほどの脚本を書き上げたのは、きっとハナやペレツ夫人の代弁者としてイディッシュ語を織り交ぜたハイブリッドとも称される英語を駆使してのことである。イージアスカの処女作は、イディッシュ語しか話さない姉アニーの実話をもとに創作され、妹である作家が日頃の憤怒を込めたため、最終的には似ても似つかない短編が完成したという。「贅沢なくらし」においても、母を代弁するベニーのようにイージアスカ自身がオブライアンに真価を認められたのである。移民街で子育てに従事し、ついに英語を身につける境遇になかったハナの居場所のなさは、のちに戻る場所を事実上失うことになる、まだ駆け出しのイージアスカ自身の未来の予言とも受け取れるが、ベニーにも自らの使命を重ねている。[1] ハナがベニーというお気に入りの息子の存在に慰めを得ると同様に、作家自身の抱えがたい現実を想像力によって変える試みである。しかし、のちの『白馬の赤リボン』（一九五〇）では作家としての罪悪感を語り手を通して吐露することになる。作家として成功した語り手が大学生に講演する際に、自責の念を打ち明けるのである。

「『飢えた心』の映画が私にもたらしたお金を銀行に預けたら、大金を突然手にした高揚感が良心の声で曇ってしまいました。無力な雇われ人の労働を搾取する太鼓腹の工場長と、貧しい人たちのことを書いて金持ちになっていく作家とどこが違うのでしょうか」（*Red Ribbon* 一二二）

このように、ジューイッシュ・コミュニティとしての移民街は、心理的には寄り添いたくとも身体的には拒絶せざるを得ない成り上がりとなった者としての階級の側面から、戻れぬ開いた鳥かごとして描かれる。イージアスカもまた身体的には受け付けなくなってしまったゲットーを心理的に寄り添って、虚構としてアメリカに来て修得した言葉で紡ぐ。感情をほとばしらせるしか手立てがないような混乱に明確な表現を見出し、秩序ある姿を与えることで居場所を失う不安を逃れている。

4　美のひねり出し

ゲットー出身の成功者としてもてはやされながら、移民街の内部者ではなく成り上がった移民という位置づけを変えられなかった作家自身は、居場所のなさに戸惑い、移民街出身でない者たちの差別的な視線に由来する劣等感を強める。しかし、それに対抗するかのように反作用として、個性は強いが自給自足でたくましく生きる移民街に留まる住人たちが、感覚的・五感を伴う描写とともに魅力的に描かれる。『私の叶わぬ夢』（*All I Could Never Be*）（一九三二）において作家として移民を描くファニア（Fanya）は、編集者たちが移民を見下しあざ笑っているように感じ、自身のユーモラスな描写への称賛を曲解してしまう。それでもなお、ジョン・デューイ（John Dewey）がモデルと考えられるワスプのヘンリー（Henry）をはじめとした科学的で冷静な研究者に対し、ファニアは事実（facts）ばかりを集める科学的アプローチを疑問視し提案する。

「人を理解するのと本で読むのとは違うように感じられるわ。リンゴの絵を見るのと本当のリンゴを味わい感じるのは違うでしょう。出かけて行ってポーランド人に会ってみることよ」

（*All I Could Never Be* 八一）

このようにイージアスカは調査対象のポーランド人をデータとしてではなく人間同士として知るということの重要性を吐露させる。それより以前に実際に一九二一年の『ブックマン』（*The Bookman*）においてデューイの著作への批判を行ない、自らの創作理念、姿勢を表明している。理性よりも感性を重んじる描写は、移民で教育を受けず、語る言葉を持たぬ移民たちを形式的に再現・表現する。

『尊大な物乞い』（一九二七）では音楽性（聴覚）が強くコミュニティを印象づける。主人公のアデレ（Adele）は、父親の音楽への傾倒の影響を強く受ける。最後に結ばれる移民男性は、他の理想化されすぎた男性キャラクター同様現実味に欠けるものの、ピアニストという設定である。ローワー・イーストサイドのあるマンハッタンの地下には岩盤があるため、街の喧騒は反射され振動が拡散する。耳から入る英語とイディッシュ語の混在する世代間の教育格差も如実になる。イージアスカは実子を自分の手でほとんど育てられなかったため、登場人物として子供を描くことは少ない。

だが、はしゃぐ子供たちの声の未来志向や、美しい音のイメージが、手押し車や市場での呼び声や客の値切る声といった雑踏や騒音とは対照的に際立つ。そしてヒロインは、移民街を離れたい一心でドイツ・ユダヤ系移民の経営する寄宿施設（Hellman Home for Working Girls）に入るものの、移民の妻を大量生産するような効率重視で慈善を誇示するばかりのパトロンたちに別れを告げ、最終的に移民街に戻る。対照的に、貧しく暮らし高齢であれ他から施しを受けず自立し、そのヒロインを助ける行商の寡黙なムーメンケ（Muhmenkeh）が象徴的である。財力によって物質的支援を申し出る上位者とともにあれば「竹馬に乗っている」と分析される一方で、アデレはムーメンケとともにあれば「地に足のついた」感覚を持つ（*Arrogant Beggar* 一一七）。ゲットーに上下ではなく自助的な助け合いが望まれ、上位者が施しをただ与えるだけで依存させ力を結果的に奪うのではなく、自ら生きてゆく力を養う支えを提供するのである。かつて移民街を忌み嫌い逃げ出してしまったアデレに対し、ムーメンケは居場所として貧しいコミュニティを受け入れつつ、自尊心を失わず他の力を借りずに生きている。そして、宗教色が濃厚でないながらも不思議な光をまとった老女として描かれることにより、おとぎ話の要素が付加されている。極貧で光をまとった老女が自給自足する姿を間近に見てヒロインがゲットーへの回帰を促されるプロットは奇妙で風刺的、そして倫理的で、おとぎ話のナラティブの登場人物を想起させる。『孤独な子供たち』の序文のエッセイには以下のような記述がある。

自分の考えを考えぬこうとすればどこにでも美があると分かった。日当たりのよい宮殿の広々とした大広間と同じように、スウェットショップの暗い地下室にも美は存在していた。だからこそ、貧困で死にそうな暗闇の中に埋もれて生きながらも、私は経験から現実の美というものをひねり出すことができたのだ。それは愛するチャンスに恵まれて暮らし、どの崇拝者を自分の夫にすべきかが唯一の心配事であるお姫様にも劣らない。（*America* 一三五）

この美のひねり出しという虚構のレトリックとしてムーメンケが生み出されている。新聞紙をテーブルクロス代わりにし、その貧しさはかつて逃げ出した移民街（Essex Street）での生活よりさらに厳しいものである。それでもなお、アデレはムーメンケの突然の死後も遺志を継いでコーヒーショップを開店し、移民たちに貢献しその共存に美を見出す。第一次大戦後（一九一八年以降）と時代設定されているが、イージアスカが同様の寄宿施設にいた時期は一九〇〇年前後である。一九〇五年には事実、二五〇から三〇〇軒のコーヒーショップが豊かな文化・知的生活の場としてロワー・イーストサイドに軒を連ねていたことと重ね合わせると興味深い。まさに、コミュニティのみすぼらしさの中に見出される文化と知的生活の場「ムーメンケのコーヒーショップ」が、作家にとっての美と光として生み出されているのである。

5　醜さと美

ムーメンケが孤児であるヒロインの母親的人物であるのに対し、『白馬の赤リボン』の父親的人物シュロモー（Zalmon Shlomoh）もこの範疇《はんちゅう》に入るキャラクターである。ベートーベンのソナタ『月光』を蓄音機で共に聴くことで、取りつく島を与えない語り手の実の父親とは異なった安心感を与えてくれる父親的存在ではあるが、外見の身体的な特徴（cripple）（hunchback）ゆえに語り手の自己否定とつながる象徴的な人物として描かれる。

たとえば、初期の短編「石けんと水」（"Soap and Water"）（一九一八）では、過激な形容詞を伴いながら語り手の移民街でのみじめな境遇を告発させている。ポグロムを逃れて幼少期からアメリカのスウェットショップで働き、「自己表現」を望みつつも英語が話せないため「口を利けず」（dumb）「盲目でずきずきと痛む感情」（blind, aching feeling）しか持てず、「不可能なことは、はけ口のない夢を引き寄せる磁石」で、「到達できないことを夢見ることは唯一の空気であり、その中で魂が生き残れる」（*America* 七三）と理想を高く掲げて、くじけず前向きに労働と上昇志向の空間から大学に辿りつく。苦学し英語を修得することで大学に進んでも現実はさらに深刻化する。大学ではそれまで気にも留めなかった身なりに劣等感を覚え、まるで「奇形であるかのような」（crooked or crippled）扱いを受け、服装に見いだされる厳格な階級差が如実になる。この若きイージアスカの初期の過激さは、晩年の『白馬の赤リボン』のシュロモーへと昇華し結実する。

シュロモーの背中の奇形（deformity）には、移民としての引け目、移民街に対する羞恥、自身の内面・激しい感情への自嘲的な思いなどが集約し投影される。いわば、劣等感の可視化の任をシュロモーは負う。語り手がミドルクラスに属す経験により、ワスプや先着移民といった支配的上位者としての視点が浸透し、自己肯定感が得られないのである。またこの件は、ゲットー出身ということにとどまらず、インサイダーでありながら同時にアウトサイダーになる、あるいは結局どちらでもないことを余儀なくされるユダヤ人のディアスポラの在り方にも派生する。ボストン大学のコレクションにあるテープでは『白馬の赤リボン』の編集者に採用されなかった部分の存在を老いたイージアスカが恨みがましく語る。出版社は本が売れなくてはならないからとたしなめる聞き手の声が入っているが、その未収箇所は「鼻はすげかえられてもモーセは代えられない」をはじめとしたユダヤ人問題を正面から扱う数章である。このユダヤ問題に固執する作家と出版側の確執が原因で『私の叶わぬ夢』から十八年も出版のブランクが生じた。コミュニティの劣等感を体現するシュロモーはまた、規模を拡大すれば作家のユダヤ人としての苦悩をも内包しているのである。

語り手の父は表題の「赤リボン」の例え（「貧困は、白馬の赤リボンのようにユダヤ人に似合う」）を繰り返し説いて聞かせる一方で、シュロモーは「神さまはいつもつむぎ手に亜麻を与えてくださる」（*Red Ribbon* 一〇二）と信仰ともヒロインへの忠告とも取れる決まり文句を繰り返す。フォースターの定義するフラットな登場人物、平板な脇役的人物だからこそ強いメッセージ性のあるシュロモーは結局、背中の奇形に象徴される移民街に存在している美の創造である。いつも手押し車で売る魚の匂いを漂わせ、ヒロインと蓄音機に耳を傾けることにより、シュロモーの身体的特徴が語り手に、ミドルクラスや移民街の健常者といった社会通念における上位者の視点への気づきを与える。そして、シュロモーの在り方を受け止めさせることで、語り手の安らぎの源が承知される。ムーメンケやシュロモーは発言を多くは引用されず、教育の欠如ゆえ豊かな教養や高らかな声を持たぬキャラクターとして、控えめに抑制の利いた語りによって伝達され、興奮し感情をさらけ出すヒロインや語り手との対照を際立たせている。コミュニティを飛び出し、再びそこに居場所を見出す上昇志向のヒロインを癒す、コミュニティに居続け、ありのままの境遇を受け入れて待つ登場人物たちである。まさに、語り手の父のいう、貧困・欠如こそが尊ばれるべき美しきもの（赤リボン）という視点も読み取れ、作家の出身のコミュニティへの劣等感を逆転・裏返して提示していることがわかる。

おとぎ話の要素は、子供向けの他愛ない話で堅実さに欠けるとも考えられる。しかし、教育が欠如したり教育の必要性を超越するなどして、自ら英語では雄弁に語ることはできないが魅力ある登場人物たちを形式的に再現している。それは、醜さや貧困に美を見出すという目的ゆえである。イージアスカが移民街を描写したのは、かつての居住者としてであり、外側から眺めることでより鮮明な移民街が打ち出され、そこに留まる登場人物たちへの共感を呼び起こさせている。逆説・飛躍的だが前向きな移民街の描写がイージアスカにはあり、デューイのようなアメリカの主流をなすミドルクラスが調査をしても数字を並べても表現のできない、移民街を残すのである。(2)

6　ゲットー・パストラルを超えて

デニング（Michael Denning）はゲットー・パストラル（Ghetto Pastorals）を移民街に育った者の作品として、一九三〇年代のマイケル・ゴールドに見出している。デニングは通常田園にあるべき無垢・純粋さが都市にみられる独自性として指摘しているが、その論によるとイージアスカは「もっとも初期のゲットー・パストラルの作家である」（*The Cultural Front* 二三二）。「異国風な他の半分」といった移民以外の読者層の好奇心を満たすものであり、それがハリウッド映画に取り上げられる一方で、作家の移民街搾取という罪悪感にもつながっている。また、ロシアやニューイングランドの田園よりもむしろ都市のゲットーを逆説的に描くという意味では、ゲットー・パストラルとの位置づけも妥当かもしれない。しかし、ゲットー以外の場所との対比としてそのイノセンスを見下すのでもなければ、牧歌的な昔をなつかしむのでもない。作家自身が「贅沢なくらし」のハナのように、精神的にはゲットーを居場所としながらも身体的には戻れない矛盾と皮肉を抱えている。開いた鳥かごの象徴には、そこに留まり移民街の美を伝達する魅力的な登場人物と、鳥かごの出入りが契機となり成長が促されるヒロインたちの両者が貢献する。すでに外部者となった視点を有する作家自身のような、アウトサイダーとインサイダーのどちらでもあり、どちらでもない根無し草のような存在もまた、開いた鳥かごは包括する。

現実として受け入れがたい要素をおとぎ話で虚構として受け入れ、さまざまな実在の通りを示し、移民街自体をも登場させ人物同様にキャラクターとすることで、作家はインスピレーションの源泉として自己の模索・自己表現につなげる。ゲットーに身体的には戻れない現実を罪悪感や虚無感から救い、現実を置き換える執筆・創造による試みでもある。無様にも見える移民街というキャラクターを描くことで、どん底と頂点の両者を経験したスウェットショップのシンデレラは劣等感を打ち消し、その想像力により優越に逆転させ、ロマン、夢と美にあふれた居場所を見出すのである。イージアスカは、自己肯定感の弱い自身とジューイッシュ・コミュニティを重ね合わせ、六十年近くにもわたり創作を続けた。死後出版の「開いた鳥かご」において、鳥を放った後ゲットーのように混沌としたアパートに語り手を戻らせた。イージアスカは、自らが移民街への回帰を果したかのように安堵したに違いない。

註

（1）一九二三年にヨーロッパの有名作家たちに会いに行った際に、『ニューヨーク・トリビューン』通信社（*New York Tribune* Syndicate）のインタビューに答えた記事には、「不潔・汚物・船酔い以外の何物でもない」三等船室に留まることを以前の自身の追体験として試みたが、すでに自ら人気作家となっていたイージアスカにはそこが耐えられず、退散したというエピソードを「二度移民になることはできない」というテーマで語っている（*Children of Loneliness* 二六三）。理性的には移民に寄り添いながらも、感覚的には耐えられなくなっている成り上がった自分への気づきには作家のハナへの共感・共通性が見出せる。

（2）第二の短編集である『孤独の中の子供たち』（*Children of Loneliness*）（一九二三）に収められた「夢とドル」（“Dreams and Dollars”）では、ヒロインがまさに「おとぎの国」（*America* 二一九）のようなカリフォルニアで裕福な求婚者と出会いながらも、結局貧しい移民街に戻り、詩人と結ばれる。「パンを得るためのむき出しのもがきの場所。大声で叫ぶ子供たちや、大安売りの手押し車や値切る主婦たちで溢れる、ゆがんだ狭い路地。容赦ないけちけちした貧しさ」と移民街を描写しながら、ヒロインが再び戻ったことを、「ロマンや夢が豊かで、言葉で表すことも歌に歌われることもない美しさでその飢えが満たされているからなのだ」（*America* 二三二）とロマンと夢の豊かさ、言語化不可能な美しさに理由づけている。

引用・参考文献

Denning, Michael. *The Culture Front.* New York: Verso, 2010.

Ewen, Elizabeth. *Immigrant Women in the Land of Dollars: Life and Culture on the Lower East Side 1890-1925. New York: Monthly* Review Press, 1985.

Henriksen, Louise Levitas. *Anzia Yezierska: A Writer's Life.* London: Rutgers UP, 1987.

Mikkelsen, Ann. “From Sympathy to Empaty: Anzia Yezierska and the Transformation of the American Subject” *American Literature: a journal of literary history, criticism and biography.* Durham: Duke U.P. , 2010.

Shoen, Carol B. *Anzia Yezierska.* Boston: Twayne, 1982.

Yezierska, Anzia. *Children of Loneliness.* New York: Funk & Wagnals, 1923.（本の友社　復刻版 , 1991.）

——. *How I Found America*. New York: Persea Books, 1991.

——. "Prophets of Democracy" *The Bookman* 52 Feb. 1921. 497.

——. *Red Ribbon on a White Horse*. New York: Persea Books, 1987.

——. *The Open Cage*. New York: Persea Books, 1979.

第2章　アイザック・バシェヴィス・シンガー『奴隷』

――ジューイッシュ・コミュニティの理想を求めて――

今井　真樹子

1　はじめに

シンガー（Isaac Bashevis Singer 一九〇四―一九九一）は、ホロコーストで失われた東欧ユダヤ人のコミュニティを犠牲者の言語であるイディッシュ語で描き、一九七八年にノーベル賞を受けた。シンガーは東欧ユダヤ人の宗教的な伝統空間や民話の世界を滅び行く言葉で生き生きと蘇らせた点で特に評価される。しかしシンガーの作品は単なる過去へのオマージュではなく、ジューイッシュ・コミュニティが抱える矛盾や瑕疵《かし》をありのままに描き、コミュニティに内在する問題を提起している。故郷への限りない愛惜と共に、コミュニティを外から眺める公平で客観的な視点がシンガーにはある。

『奴隷』（*The Slave* 一九六二）は十七世紀のフメルニツキーポグロム後のポーランドを舞台とする歴史小説で、コサックの襲撃を受けポーランド人へ奴隷として売り飛ばされたユダヤ人ヤコブの生涯を描いたものだ。ヤコブは奴隷となった異郷で異教徒であるポーランド人の娘ワンダと禁断の恋に落ちるが、ユダヤ人とポーランド人の結婚を許さないユダヤ教の戒律やこの世の法律、コミュニティの偏狭さのために、二人は苦難と流浪の人生を余儀なくされる。『奴隷』にはポーランド人のコミュニティとユダヤ人のコミュニティがパラレルに描かれ、ユダヤ人の視点から見たポーランド人のコミュニティ、ポーランド人の視点から見たユダヤ人のコミュニティが映し出される。『ルブリンの魔術師』（*The Magician of Lublin* 一九六〇）では回想の叙情性に満ちていたジューイッシュ・コミュニティだが[1]、『奴隷』ではその現実の姿が暴かれ、二人の結婚を通してコミュニティの持つ問題が抉《えぐ》り出される。

本稿では『奴隷』に描かれる二つのコミュニティを概観し、そこに映し出される問題を吟味したうえでシンガーの理想としたコミュニティを探っていく。

2　ポーランド人のコミュニティにて——ワンダとの出会い

主人公ヤコブは、自分の意思ではなく不可抗力でユダヤ人のコミュニティから切り離された人物である。もともと正統派のユダヤ教徒であり、故郷ではシナゴーグを中心として運営されるコミュニティで律法に則《のっと》った生活をしていたが、ポーランド辺境の山間部にヤン・ブジークの奴隷として売られる。そこにいるポーランド人たちは、『野の王』（*The King of the Fields* 一九八八）に描かれる、ポーランドにキリスト教が入る以前、まだババ・ヤガに生贄を捧げていた時代の面影を残し、驚くほど無知で野蛮で原始的である。

彼らはヤコブの目の前で用を足し、ひっきりなしにスカートをまくって尻や腿の虫喰いを見せた。〔……〕こういう女たちは不潔で、服やもつれた髪に害虫を宿し、皮膚はしばしば発疹やおできで覆われていた。彼らは野鼠や、家禽類の腐った死肉を食べた。なかにはポーランド語を殆どしゃべれない者もいて、獣のように鼻をならし、手まねでしゃべり、狂ったように叫んだり笑ったりした。村には不具者や、甲状腺腫、醜い痣《あざ》、水頭症をもった子ども達があふれていた。口のきけない者、癲癇《てんかん》患者、手や足に六本の指がある者たちもいた。夏になると親達はこのような子ども達を家畜と一緒に山に放置し、子どもたちは野蛮になった。山では男と女が人前で交わった。（九）

「正真正銘のぞっとする化け物たち」（Kresh 二七）というクレシュの評は言い過ぎとしても相当グロテスクな描写が散見される。このような原始的かつ野蛮なポーランド人の姿が、何らかの歴史的記述に基づくものなのか、シンガーの想像によるものなのか、あるいはそのミックスなのか定かでないが、シンガーの描くポーランド人にしばしば見られるステレオタイプなものである。男女ともに淫乱で、女たちはヤコブをあからさまに誘惑し、男たちはユダヤ人であるヤコブをからかい、馬鹿にする。ユダヤ教で禁じられている豚肉を無理やり食べさせようとしたり、ババ・ヤガへ捧げる犠牲にしようとヤコブの命を狙ったりする者もいる。牧師までがヤコブを殺すよう指示を出すほど、コミュニティは秩序もモラルもなく堕落している。そのような環境の中、ヤコブは同胞、聖衣、聖典など、信仰生活に欠かせない全てのものを失いながら、祈り、食物規定を守り、記憶の中から聖句を手繰り出すことにより自分のユダヤ性を維持するよう努める。当然ヤコブと彼等の間に交流が生まれることはなく、ヤコブは孤独で、ポーランド人たちとの間には大きな隔たりがある。

ヤコブは絶えず死を願ってきた。自殺を考えたことすらあった。しかし今やそのような心理状態は去り、故郷を離れ重労働をしながら異教徒の間で暮らすことに慣れてきた。ヤコブはうとうとしながら松かさの落ちる音、遠くで郭公《かっこう》の鳴く声を聞いた。目を開けた。蜘蛛の巣のように絡み合った小枝や松の葉をかいくぐって差し込む日の光が虹色の網の目状に反射した。露の最後の一滴が光を反射してきらりとまたたき、細く融けた繊維となってはじけた。空は雲ひとつなく青く澄みきっていた。殺人者たちが子どもを生き埋めにするような時代に神の慈悲を信じることは難しかった。しかし、神の知恵はどこにでも見て取れる。ヤコブは眠りに落ち、ワンダが夢の中に現れた。（一二―一三）

一時はユダヤ教で禁じられている自殺も考えたというほどヤコブの苦しみは大きいが、シンガーの作品には珍しく、驚くほど生き生きと描かれる美しい自然がヤコブの心情の重さを和らげている。『奴隷』は「自然が悪魔的な意味をもたずに描写されるシンガーの唯一の小説である」(Buchen 一五四)とブーヘンは言うが、悪魔的な色合いを帯びないだけでなく、人間世界の暗さや醜さに比して自然の明るさと清らかさが際立ち、屹立《きつりつ》する山や輝く太陽などが純粋な神の暗喩とさえなっている。

奴隷となったヤコブの苦しみや葛藤を包みこむように、また慰めや希望を与えるような形で自然が描かれている。そのような自然は、ジューイッシュ・コミュニティを出て初めてヤコブに開かれた世界であり、その美しい自然の延長線上に主人ヤン・ブジークの美しい娘ワンダが置かれる。

シンガーの描くこの世のコミュニティは大なり小なり堕落している。それは、ポーランド人のコミュニティにのみあてはまるものではなく『奴隷』の後半に描かれるジューイッシュ・コミュニティも同様であるし、シンガーの最初の長編『ゴライの悪魔』(*Satan in Goray* 一九五五)や最後の長編『メシュガー』(*Meshugah* 一九九四)などはその最たる例だろう。『ゴライの悪魔』ではサバタイ・ツヴィの偽メシア運動を下敷きに、メシア到来に浮かれ騒ぐ村人たちの狂態が、『メシュガー』ではホロコースト後のニューヨークを舞台に、神への不信と抗議を強めた人々の狂った人間模様がそれぞれ描かれている。しかしシンガーの作品で、コミュニティを構成する全員が一律に堕落していることはなく、必ず一人や二人例外が置かれる。ワンダはステレオタイプなポーランド人のコミュニティの中のステレオタイプではないヒロインで、シンガーが描く他のポーランド女性たちとも異なる。(2)

ワンダはヤコブの唯一の話し相手であり、ヤコブが食べることの出来るユダヤ教の食物規定にかなった食物を差し入れ、ユダヤ教徒として安息日を守ることができるように仕事を肩代わりし、病気や怪我の手当てをし、蛇に噛まれたときには傷口に口をつけて毒を吸い出すなどしてヤコブを助ける。ヤコブが異教に一人生き延びることができたのはワンダのおかげである。フレデリック・カールがワンダを「砂漠の植物の間に置かれた一輪の花」(Karl 一一六)と譬《たと》えるのは言い得て妙である。(3)

また、ヤコブとワンダは、宗教と人種が違う以外、あらゆる点で釣合いが取れた完璧なカウンターパートである。ヤコブが「背が高く、背筋がまっすぐに伸び、目は青く、とび色の髪とあごひげをたくわえていた」(五)のに対し、ワンダは「他の女たちより背が高く」、「髪はブロンド、目は青く、肌は白く、顔立ちが整っていた」(一〇)。ヤコブが「夜となく昼となく娘達に迫られる」(九)ように、ワンダも「夫のスタハが落雷で死んで以来、村中の独り者や男やもめから言い寄られる」(一〇)。二人とも知的で有能、おまけに、双方最初の伴侶とは相性が悪かったという共通点まである。ヤコブとワンダはロミオとジュリエットのように、それぞれ結ばれるのが困難な異なるコミュニティに属しながらも互いに惹かれ愛しあうよう運命づけられたカップルである。

3　異宗教間結婚の問題

ユダヤ教の律法でより強く規制されるヤコブよりワンダのほうが積極的で「あなたが私たちの仲間になれば、私たちは結婚できるわ」（一九）と、ワンダはヤコブに改宗を促し結婚を迫る。たしかに、ユダヤ教徒に改宗したキリスト教徒がポーランドの法律で死刑となる状況下で、ヤコブがキリスト教に改宗するのは、二人が結婚できる最も簡単な、また殆ど唯一の方法であっただろう。実際、当時のポーランドではカトリックに改宗するユダヤ人は少なくなかった。しかしシンガーの主人公の常で、ヤコブの骨身に染み付いたユダヤ性は簡単に捨てることのできるものではない。身も心もワンダを強く欲しながら「君の信仰と僕の信仰は違う」（二四）とワンダを退ける。

ヤコブがそれほどまでに葛藤するのは、ヤコブが属した正統派のコミュニティで、性的な逸脱は絶対的タブーであったためである。聖書にも異教徒との結婚を禁ずる言葉が繰り返し出てくる。

> また彼らと婚姻してはならない。あなたの娘を彼のむすこに与えてはならない。かれの娘をあなたのむすこにめとってはならない。それは彼らがあなたのむすこを惑わしてわたしに従わせず、ほかの神々に仕えさせ、そのため主はあなたがたにむかって怒りを発し、すみやかにあなたがたを滅ぼされることとなるからである。（申命記第七章三―四節）

この記述を読むと異宗教間結婚の禁忌が絶対的なものに見えるのだが、実際には数多くの異宗婚が行なわれたことが聖書には記されている。モーセ、ソロモン、サムソン、ルツ、エステルなど、聖書に記されている異宗婚の例は枚挙に暇がない。ソロモンとサムソンの場合は、個人にとってもコミュニティにとっても脅威となった例であろうし[4]、モーセやルツ、エステルなどのように幸福をもたらした例もある[5]。聖書の物語を振り返るだけでも、異宗教間結婚の是非はそう簡単に答えを出せるものではないことがわかるだろう。もともと異教徒との結婚が禁じられたのは、民の心がイスラエルの神を離れ偶像崇拝に向かうことを防ぐためであった。しかし、時代とともに異教徒との結婚が禁じられる理由も変わり、律法を守ること自体が目的となってくる。ヤコブも葛藤しながら「モーセはエチオピアの女と結婚したではないか。ソロモン王はファラオの娘を妻にしたではないか」(三七)とつぶやくのだが、ワンダとの出会いにより聖書にすら矛盾があることに気がつき始めていることがわかる。ここでヤコブが問題にしているのは、聖書自体の無謬性というより、聖書の教えや物語に対する人間の解釈の無謬性であろう。

やがて禁忌に縛られている二人の関係に転機が訪れる。ヤコブの山小屋に食料を届けにきたワンダが嵐のため自分の家に帰れなくなるのだ。山小屋にワンダが泊まることを余儀なくされたその夜、二人は激しい欲情にかられ、小屋の外の冷たい川で、ユダヤ教で定められた禊《みそぎ》を行なったのち結ばれる。ヤコブはワンダの圧倒的なエクスタシーが「天からのものか地獄からのものか」(六八—

六九）と自問する。物語はその答えを追いかける形で進んでいくのだが、ここでヤコブの目に映ったワンダの姿を見ておきたい。

ときどき雷の光が夕暮れの納屋を照らすと、天上の光に包まれたワンダの姿が見えた。彼には、自分がいままで知っていた彼女はただの抜け殻か痕跡だったのではないかと思われた。彼女は神の似姿に造られたのではないか？　彼女の姿は神の美の反射である永遠なるものを映し出しているのではないだろうか？（六三）

「神の美」の反射である「永遠なるもの」とは、カバラー思想でいう「宇宙の誕生以来ずっと神の『パートナー』であり、『喜び』でもあり続けてきた女性的存在」（ホフマン　一二二）のシェヒナー（天上の母）を意味すると思われる。ワンダは物語の初めから美しい自然と結びついていたが、ワンダはただ美しいだけではなく、女神の表象を帯びている。先の問いの答えは明らかなようであるが、ヤコブがワンダとの結婚を真に肯定的にとらえることができるようになるまでには、さらなる時間と経験が必要である。

ヤコブに敵対するポーランド人たちの中で、ワンダの父ヤン・ブジークも例外的にヤコブの擁護者であり、ヤコブはブジークが「善良で正しい人間」（八九）だと認めているのだが、そのヤン・ブジークが死んだとき、ヤコブは次のようにつぶやく。

そうだ、これが神秘なのだとヤコブは思った。もっとも深遠な神秘なのだ。全て人間は神の姿になぞらえて作られる。おそらく、ヤン・ブジークは神をおそれる他の非ユダヤ教徒とともにパラダイスに座ることになるだろう。（八九）

ブジークの死は、ユダヤ人に限らず全ての人間が神の子であるということ、また、異教徒のいるパラダイスという、それまで持ったことのないパラダイムをヤコブに与える。しかしそれは、ヤコブがそれまで学んできたユダヤ教の教えでは論理的な説明が不可能であるため、このときのヤコブは「神秘」という言葉でしか表すことができない。

4　ヨセホフのジューイッシュ・コミュニティに戻って——新たな視点

ヤコブはある日突然故郷のユダヤ人に買い戻され、場面はヨセホフのジューイッシュ・コミュニティに一転する。ヨセホフに戻ったヤコブは、妻子が殺されたこと、コサックの仕打ちの残酷さと非道さは想像をはるかに越えるものであったことを知る。ショックを受けたヤコブは、同胞が拷問を受けたり惨殺されたりしている時に異教徒にうつつを抜かしていた自分を罰し、ワンダを忘れるため、靴に砂利を入れ、石を枕にし、食物も噛まず眠りもとらずに自分に苦行を課す。(6) それは「羽の冠」(“A Crown of Feathers”一九七三)で、律法主義に凝り固まったゼマハがキリスト教に迷った妻アクサを罰するために強いた仕打ちと同じである。彼等がそのことによって得るものもなく、ただ生活が荒んでいっただけであったように、ヤコブの悩みも深まるばかりで、ワンダを心の中から追い出すことが出来ない。山にいたときにあれほど願っていたユダヤ教の研究に没頭するが、以前には持つことのなかった律法への疑念が浮かぶ。

トーラーの一つの掟からミシュナの十二の掟が生まれ、ゲマラでは六十になったことを知った。その後の解釈では砂漠の砂の数ほど規制と禁忌が加わった。どの世代も自分たちの制限を加え、ヤコブの流浪の間にもさらなる注解と禁止事項がシュルハン・アルーフにつけ加えられていた。(一一七)

ワンダとの出会いをきっかけにトーラーに対する人間の解釈の誤謬性に気づいたヤコブは、律法を学べば学ぶほどに、際限もなく恣意的に付け加えられていく人間の戒めの多さに矛盾と不条理を感じずにはおられなくなる。さらに、ヨセホフのユダヤ人の姿を見て、そのように膨大な教えを守ることが彼等の生活にどれほどの意味と価値をもたらしているのかという現実的な疑問を抱くようになる。

そうなのだ、いかに些細な儀礼的な掟も、それを破るぐらいなら死んだほうがましだと考える男や女たちが、人前で他人を誹謗中傷し、貧しい者をばかにし、蔑《ないがし》ろにした。学者たちは無知な者に威張り散らした。長老たちは恩恵や特権的な地位を自分達と自分達の身内の者だけで分け合い、大方の人々から搾取した。（一一八）

ユダヤ教の細々とした外見的な戒律に過度に拘るあまりに、慈悲や思いやりといった人間としての基本的な倫理を蔑ろにし、人を中傷し見下す教条主義的なユダヤ人の生き方にヤコブは鋭い批判の目を向ける。ユダヤ人同胞に対するこのような冷静で客観的な視点は、ジューイッシュ・コミュニティを離れて生活をした経験が与えたものだと言えるだろう。ポーランド人のコミュニティは動物的ともいえる野蛮さや不潔さに満ちていたが、表面的には知的で文明化されて見えるジューイッシュ・コミュニティには、目には見えづらい人間の内面的な罪が溢れている。

しかし、ポーランド人のコミュニティの全員を断罪しなかったように、ヤコブはヨセホフのユダヤ人全てに泥を塗ることはない。ヤコブの身の回りの世話をしてくれるやもめが登場するが、彼女については次のように語られる。

びっこで鼻にいぼがあり、あごに毛が生えていたが、この女は聖者だった。彼女の眼には、親切、思いやり、率直さが宿っていた。彼女は夫と子どもを失っていたが、苦しみを見せず、

妬むことも、恨むことも、中傷することもなかった。（一一〇）

先に述べたように、シンガーの作品では、総じて偽善的あるいは堕落したコミュニティの中にも必ず尊敬すべき心正しき人がその片隅に描かれる。ポーランド人の中にワンダやヤン・ブジークがいたように、ユダヤ人の中にも、このやもめのような人物がいる。パラレルに描かれる二つのコミュニティは、交差しないままそれぞれ人間の醜さや愚かさ、悲しさを露《あらわ》にし、しかしその中に一筋の光を包含している。

5　ピリツのジューイッシュ・コミュニティ――サラが映し出すもの

『奴隷』の第一部は、葛藤の末、ヤコブがワンダを連れ出すために山へ戻るところで終わり、第二部はサラと名前を変えたワンダを伴い、フメルニツキーポグロムの後新しくできたピリツというジューイッシュ・コミュニティに入っていくところから始まる。

イディッシュ語を喋ることのできないサラはポーランド人であることを隠すために苦肉の策として聾唖《ろうあ》者を装うのだが、聾唖者のくせにヤコブのような美男子と結婚したのはおかしいと、サラはピリツの女達からねたみと反感を買う。女達はサラを馬鹿にし、彼女が聾唖者であることにつけこんで、サラの面前で「けだもの、ゴーレム、ばか、間抜け」（一六〇）と言いたい放題の悪口を言う。耳の不自由なサラに対する態度から、機会さえあれば人をそしり、馬鹿にする、傲慢で弱者に対する憐れみや思いやりの欠如した人間性が浮き彫りになる。

一方サラは、人々から嘲笑と差別を受けながら「小さな子どものいる他の女たちを助け［……］みんなのために働いたが報酬を求めなかった」（一五三）「病人を訪ねては、彼等の身体をテレビン油やアルコールでマッサージをした。安息日の午後には夫の生徒たちにりんごやプラムの煮物を作ってやった」（一五五）と、自ら出て行って積極的に善を行なう。

本来ユダヤ教は行ないによる信仰の実践を旨とするのだが、(7) ユダヤ教の本質を実践するのは、コミュニティのユダヤ人ではなくポーランド人のサラである。月経の最中にヤコブに駆け寄りキスをするなど、ユダヤ律法に抵触する間違いを犯すことはあっても、サラが人間として守るべき道を踏み間違うことはない。サラとの対比の中でピリツのユダヤ人の本質的な倫理観の低さが暴かれ、強調される結果となる。

サラはユダヤ教の教えを学ぶことにも熱心で、秘密を隠すためヤコブが家の中に作った隠し部屋で、イェシーヴァ学生のようにヤコブと二人、夜な夜なトーラーを読み律法について話し合う。その様子は「愛のイェンテル」（"Yentel the Yeshiva Boy"）で、男装してイェシヴァー（ユダヤ教神学校）に潜り込んだイェンテルがアヴィグドルと勉強する情景を想起させる。「愛のイェンテル」では、男性だけに学問が許されていたジューイッシュ・コミュニティの在り方に一石が投じられているが『奴隷』では、さらにポーランド人ワンダ／サラにユダヤ教の律法を学ぶ機会を与えることによって、その問題を敷衍《ふえん》していると言えるだろう。

サラは熱心に学び「もし殺人が罪ならば、なぜ神はイスラエル人が戦争をし、老人や子どもまで殺すことを許すのか?」(一五七)「なぜ善人が苦しみ悪人は栄えるのか?」(一五八)と、ヤコブ自身の疑問でもある核心をついた質問をする。これはまさにシンガーが多くの登場人物の口を借りて繰り返し投げかける命題である。シンガーは、ポーランド人のワンダ/サラと、この終生の命題を共有することによって問題を普遍化すると共に、ポーランド人のコミュニティとジューイッシュ・コミュニティとの間に橋をかけていると考えられるのではないだろうか。

そしてさらに、サラは最大の悩みの種であるピリツの女たちの「悪口」について次のような発言をする。


「悪口を言うのは豚肉を食べる罪の千分の一の罪でしかないはずだわ。そうでもなければ誰も悪口なんか言わないでしょうに」(一六二)

サラにとって、女たちのひどい誹謗中傷は落胆である前に理解しがたいことでもあったのだろう。悪口を言う女達を責める前に、彼女達の生活を規定しているはずの律法を疑っている。ジューイッシュ・コミュニティの偽善がサラの純朴な眼差しを通して映し出される。

6　ワンダの死――生と死の出会い

聾唖者を装っての不自然な生活にやがて破綻が訪れるのは初めから目に見えている。当初は聾唖者を装うことに成功するが、難産で死を覚悟したとき、手伝いの女たちの思いやりのない言葉にいたたまれず、サラはついに口を開き、ポーランド語でしゃべってしまう。

私があなたたちの意地悪を聞かなかったと思わないでね。［中略］全部聞こえていたわ。でも馬鹿のふりをしなくちゃならなかった。今はもう死にかけているから本当のことを知ってもらいたいの。あなたたちは自分達をユダヤ人と呼んでいるけれど、トーラーに従っていないじゃない。頭を下げて祈るのに、お互いの悪口を言って、ひとかけらのパンだってお互いに分け合おうともしない。（二二七―二二八）

これまで押し殺していたサラの「声」が、死に及んで初めてピリツのユダヤ人たちに向かって発せられる。サラの言葉はジューイッシュ・コミュニティの偽善を痛切に糾弾し、祈りやユダヤ教の教えの真の目的や正しい生き方について再考を促すものだ。

サラの死に及んでもコミュニティの反応はあくまで厳しく、非ユダヤ人の母から生まれた子どもはユダヤ人ではないとして、子どもに割礼を施すことを禁じ、「非ユダヤ教徒をイスラエルの娘として騙してきたのは極悪犯罪だ」（二三七）と、ヤコブにコミュニティ追放を言い渡す。サラが聾唖者を装っていた間にはコミュニティの偽善が、サラがポーランド人だとわかってからはコミュニティの冷酷さが示される。

一方サラは死の床にあり、すでに亡くなっている父親のヤン・ブジークや祖母が枕元に現れたことをヤコブに告げる。ヤコブの眼はブジークの姿を捉えてはいないが、サラの言葉を受けて「ヨム・キプルの前夜、非ユダヤ教徒の霊がここにたどりついたとはなんという不思議議か」とブジークの訪れを現実のこととととらえている。かつてヤコブとサラが二人、隠し部屋でユダヤ律法の勉強をしているとき、ヤコブがサラに、サラはもう元の家族の一員ではないと告げたことがあった。そのときサラは「でも、お父さんは今だってお父さんよ。［……］天国にお父さんをつれていってくれなきゃ。お父さんがいない天国なら私は行かない」（一六〇）と泣いて抗議をし、その叫びは誰の心にも響く痛切なものであるが、それに対するヤコブの返事はなかった。サラの心情を理解はしても、その段階ではまだ律法主義を完全には払拭できていなかったのだろう。しかし、ジューイッシュ・コミュニティの偏狭さや杓子定規の律法主義の空《むな》しさを知ったあとでは、ブジークがサラ／ワンダの父であり、その関係が今も続いていることをごく自然に受け入れている。

彼女はやすらかな恭順の表情を浮かべていた。病み、苦しみ、ユダヤ人からも非ユダヤ人からも遠ざかり、故郷と自分の言語を失った殉教者のサラはもういなかった。サラの亡骸は、ついにこの世の善悪を超越したところに彼女を解放した。サラの肉体はここにあったが、その霊は、もう肉体が行くことのできない高みにのぼっていた。ヤコブの眼は幻を捉えるかのように、彼女が天の館に入っていく姿を見た。(二四四)

シンガーの作品にはしばしば、生から死、死から生への移行が描かれるが、長編小説の中でそのような神秘的な超自然現象が最も正面きって描かれるのが『奴隷』だろう。ヤン・ブジーク、サラ、ヤコブの三つの死が描かれている。ヤン・ブジークの時には、ヤコブはその死を目撃することなく、ただ「神をおそれる他の非ユダヤ教徒とともにパラダイスに座ることになるだろう」と、パラダイスの言及がされるだけであった。ここワンダの死の場面では、天からの使者であるブジークの訪れと、そして天へ入っていくサラの姿が描かれる。ヤコブは昇天するワンダの姿を自分の眼で捉え、ワンダが「天の館」に入っていくところまで見届けている。

短編「メナシェの夢」(“Menaseh's Dream”)ではシンガーの「天の館」がどのようなところであるか、詳細に描かれている。孤児メナシェが大人への入り口で人生の苦難に直面した時、失意のうちに森に入り、歩き続け疲れて眠り込んだ夢の中でたどり着いたのがその建物であった。それはメナシェがそれまで見たこともない美しい城で、そこにはすでに亡くなった「お父さん、お母さん、おじいちゃん、おばあちゃん、そのまた先の先祖たちや他の親戚がいて」(八六)、キスや抱擁で迎えてくれる。館の中には愛する家族ばかりか、メナシェが過去に着たすべての服、遊んだすべてのおもちゃ、会話や歌や御伽噺《おとぎばなし》まで、時間や感情を含めてまるごとの過去がある。メナシェはそこから帰らなければならないのだが、帰り際に祖父が、そこは「何事も失われることのない場所」だと教えてくれる。

7　ヤコブの死——天上のコミュニティ

第三部「帰郷」では、その後のヤコブの二十年間の消息が手短に語られた後、ヤコブの最期が描かれる。ヤコブはサラの遺骨を持ち帰る目的でピリツに戻るが、サラの墓を見つけることは出来ず、目的をとげられないまま、救貧院でこの世の生涯を終える。死ぬ前にヤコブは死の床にてあの世から迎えに来たサラの訪れを受ける。

ヤコブは眠っていなかったが、サラが輝く衣をまとい、光に包まれて彼のそばに立っているのを見た。日の出の喜びが彼女からにじみ出ている。サラは彼がこれまで知りえなかったほどの愛をたたえて、母親のように、妻のように、微笑みかけていた。（三〇二）

どこからともなく、いろいろな姿が彼の前にあらわれた。父の姿、父に平安があらんことを。母の姿、母に平安があらんことを。妹たち、ゼルダ・リアと子ども達、そしてサラ。ヤン・ブジークまで、もはや百姓の姿ではなく、天国から降ってきた聖人の姿で彼を訪れた。彼らはおだやかに何かを論じあっている。（三〇七）

再び、地上と天上がつながれる。ピリツで抑圧されていたときのサラは、故郷にいたときの伸びやかな健やかさを失っていたが、天上からヤコブのもとに現れたサラはかつての輝きを取り戻し、この世のものではない神々しさを帯びている。やがて、サラだけでなく、ヤコブの肉親、先妻、サラの父であるポーランド人のヤン・ブジークも現れる。彼らは人種や宗教による違いもなく「天国から降ってきた聖人の姿」で共に集い「おだやかに語り合う」。二つのコミュニティでヤコブとサラが経験しなければならなかった苦難と葛藤の数々を思い出すと、まさに夢のような光景である。シンガーの作品において、現世では起こり得ない、死して初めて可能になる情景だ。

『奴隷』の結末はシンガーの小説の中で最も明るく幸せなものだろう。ヤコブの遺体は偶然にもサラの遺骨と同じ場所に埋葬され、二人が結ばれたことをピリツのジューイッシュ・コミュニティの頑迷な人々ですら認めて幕を閉じる。ヤコブとサラは人の心の偏狭さや杓子定規の律法主義のため、どのコミュニティにも溶け込めず、地上では二人だけの世界にしか平安を見出すことが出来なかった。だが『奴隷』のラストは何のこだわりもなく明るい。それは、シンガーがことのほか愛した「あの世」につながっているからだ。生と死の出会うところはシンガーの最も美しい世界の一つである。世俗のイデオロギーや既存の宗教に解決を見出し得なかったシンガーは、この世とは違う次元に救いを見出したのである。

前述の「羽の冠」のアクサがキリスト教へ傾倒するきっかけは、亡き祖父の書斎で見つけた新約聖書であった。祖父の禁断の書に見つけた「天の王国や死人の復活」に関する記述に慰めを得たのである。両親を早くに亡くしたアクサは、最後の身内である祖父母を失った時、愛する者たちの行方を考えずにはおられなかった。それは、ホロコーストで愛する家族や友人を亡くしたシンガーも同じである。アクサはキリスト教とユダヤ教の間を行き来した挙句、見出しえぬ真実に翻弄されて生涯を了《お》えたが、シンガーはアクサのようにユダヤ教とキリスト教どちらが正しいのかという迷路にはまり込むことなく、宗教や人種の違いを超越した天のコミュニティを自ら創出したのである。そこは「気高い魂が一堂に会する彼方の世界」(*In my Father's Court* "The Washwoman" 三四)「何も失われない場所」(*When Shlemiel Went to Warsaw and Other Stories* "Menaseh's Dream" 九二)「見通す全能の目と、異教徒の行為ですら測る秤《はかり》が存在する」(*Slave* 三一〇) 理想のコミュニティなのである。

註

(1) 作品には古き良き東欧ユダヤ人の伝統空間が描かれているが、主人公ヤシャはシナゴーグを中心とするユダヤ人の伝統的なコミュニティに戻るのではなく、牢獄のような小さな石の小屋に閉じこもることによって自己の再生を図っており、単純な伝統回帰の物語ではない。

(2) シンガーの描くステレオタイプのポーランド女性として、『ルブリンの魔術師』(*The Magician of Lublin*

1960）のマグダ、『ショーシャ』（Shosha 1978）のテクラ、『敵、ある愛の物語』（*Enemies, A Love Story* 1972）のヤドヴィガなどの無知な百姓娘があげられる。

（3）フレデリック・カール（Frederick R. Karl）はその反面、ワンダは「人種と家族によって色づけされている」とも言っている。（*The Achievement of Isaac Bashevis Singer*, Edited by Marcia Allentuck 所収 "Jacob Reborn, Zion Regained" 一一六）

（4）ソロモンは「多くの外国の女を愛し」（列王記上第一一章一節）政治目的もあって、多くの異教徒を妻に迎えた。その結果、「あなたの先にはあなたに並ぶ者がなく、あなたの後にもあなたに並ぶ者は起こらないであろう」（列王記上第三章一二章）と言われるほどの賢者であったにもかかわらず、「年老いたとき、その妻たちが彼の心を転じて他の神々に従わせ」（列王記上第一一章四節）王国の弱体化とひいては南北分裂を招いた。イスラエルの王であるため公然と非難されることは少ないが、ソロモンの異宗教間結婚がイスラエルに与えたダメージは大きい。怪力の士師と知られるサムソンは、ペリシテ人である妻の甘言にのったため力を失い非業の死をとげる。

（5）モーセはミデアン人の娘と結婚することにより舅エテロという良き助言者を得た。ルツはマロン（ユダヤ人）が寄留先で娶ったモアブの娘で、もともとは異教徒である。しかし、姑のナオミに忠義に仕え、マロンの死後ボアズと結婚しやがてその家系にダビデが生まれたため、誉ある女性とされる。エステルは、異教徒の王と結婚したために多くのユダヤ人の命を救うことが出来た。

（6）この描写の背景には、「繰り返し自分を鞭打ち、夏といわず絶えず海に沐浴して苦行」した（ロス 一二一）偽メシア、サバタイ・ツヴィの影響があるのだろう。

（7）「ミカのことば、『主のあなたに求められることは、ただ公義をおこない、いつくしみを愛し、へりくだってあなたの神と歩むことではないか』ミカ書第六章八節」及び、ハバククのことば、『義人はその信仰によって生きる』（ハバクク書第二章四節）、この二つは、ユダヤ教の真髄を表すものとみとめられてタルムードに引用された一節である」（ウンターマン　四九―五〇）

引用・参考文献

Allentuck, Maricia ed. *The Achievement of Isaac Bashevis Singer*. Carbondale: Southern Ilinois University Press, 1969.

Buchen, Irving H. *Isaac Bashevis Singer and the Eternal Past*. New York: New York University Press, 1968.

Kresh, Paul. *Isaac Bashevis Singer, The Magician of West 86th Street*. New York: The Dial Press, 1979.

Singer, Isaac Bashevis. *Satan in Goray*. New York: Penguin Books, 1958.

———. *The Magician of Lublin*. New York: Penguin Books, 1960.

———. *The Slave*. New York: The Noonday Press, 1962.

———. *When Shlemiel Went to Warsaw and Other Stories*. New York: Farrar, Straus and Giroux, 1968.

———. *Enemies, A Love Story*. New York: Farrar, Straus and Giroux, 1972.

———. *A Crown of Feathers and Other Stories*. New York: Farrar Straus and Giroux, 1973.

———. *In My Father's Court*, 1996. London: Vintage, 2001.

———. *Meshugah*, 1994. Middlesex: Penguin Books, 1996.

———. *The King of the Field*. New York: Penguin Books, 1988.

Shmeruk, Chone. "Polish-Jewish Relations in the Historical Fiction of Isaac Bashevis Singer": The Polish Review Vol. XXXII No.4, 1987.
ウンターマン、アラン『ユダヤ人――その信仰と生活』石川耕一郎・市川裕訳　筑摩書房、一九八三年。
ホフマン、エドワード『カバラー心理学――ユダヤ教神秘主義入門』村本詔司・村本康子訳　人文書院、二〇〇六年。
『聖書』口語訳、日本聖書協会。

第3章　アイザック・シンガー：『メシュガー』に復活する失われた世界
――「イディッシュ語コミュニティ感覚」――

広瀬　佳司

1　『メシュガー』の狂気に満ちたジューイッシュ・コミュニティ

アイザック・バシェヴィス・シンガー（Isaac Bashevis Singer）が描いた『メシュガー』（*Meshugah* 一九九四、イディッシュ語原作 *Lost Souls* 一九八一―八三に『フォワード』紙に連載）は戦後のニューヨークのマンハッタン地区を舞台にしたジューイッシュ・コミュニティの物語である。戦後まもない五〇年代のニューヨークのユダヤ社会には、多くのホロコースト生存者が住んでいた。この人々は、人類史上類のない大虐殺ホロコーストを経験したため、多くの意味で狂気に満ちている。明らかに、作者シンガーをモデルにした小説家である主人公アーロン・グレイディンガー（Aaron Greidinger）は、この作品の核となる人物であるマックス・アバーダム（Max Aberdam）を通して異常な精神状態にある人々（lost souls）に遭遇する。アーロンの勤める『フォワード』紙のオフィスに、ある日突然ホロコーストで犠牲になったと思っていたマックスが姿を現わすことから物語が始まる。

マックスは、ワルシャワで画家や作家のパトロンをしていた、女たらしで名の知れた男である。また、アーロンの小説の大ファンであるというミリアム（Miriam）という二十七歳の若い女性がアーロンを誘惑し、肉体関係をもつことになる。彼女は、仕事もなく病弱なマックス（六十七歳）の愛人であることも平気で口にする。それだけではなく、彼女にはスタンリー（Stanley）という自堕落な、詩人でもある夫もいた。彼女を避けるように、という亡き両親の声にも従わず、アーロンは、ミリアムやマックスとの放蕩生活を続ける。作品は三人の奇妙な関係をとおして、五〇年代に生きたホロコースト生存者たちの常軌を逸した言動を描いている。

登場人物の多くがどこかおかしい。たしかに『メシュガー』（イディッシュ語で「狂気の」の意）というタイトルにそのことが明示されている。戦後まもない時代に生きるホロコースト生存者らは狂気に満ちていたようだ。彼らの狂気は、彼らがホロコーストで経験した恐怖によるところが大きい。特にポーランドに設けられた強制収容所の恐怖空間は、そこに収容されていたユダヤ人の心に、戦後も巣食う恐怖の「影」的な存在であり続ける。そのホロコーストの恐怖の影は、生存者がアメリカ社会という現実のコミュニティを受け入れることを容易に許さない。シンシア・オジック（Cynthia Ozick）の『ショール』（*The Shawl* 一九八〇）に登場する精神錯乱状態の主人公ローザ

（Rosa）にもそれが見られる。また、エリ・ヴィーゼル（Elie Wiesel）も自伝『夜』（一九五七）の原作『そして世界は沈黙を守った』（*Un die Welt hot Geshvigun* 一九五六）の冒頭部分で、死の収容所を解放された直後のヴィーゼルは、屍のような自分の姿が鏡に映ると、衝動的にその鏡を叩き割った、とイディッシュ語原著では記している。英訳では、あまりにも強烈な描写のせいか「忘れなくてはいけない怨讐」でもあるかの様に、その部分を割愛している。また、シンガーの『敵、ある愛の物語』（*Enemies, A Love Story* 一九七二）のマシャ（Masha）にも端的な狂気の例が見られる。ホロコーストという異常な体験により、生存者は、狂人に近い存在にあったのだろう。

『メシュガー』では、神の救いが得られなかったことへの不満を、作家であるアーロンが「抗議の宗教」（A Religion of Protest）としてミリアムに説く。

「要するに、人は神の英知を信じるが、だからといって神が善良さのみの源であるとは言えないのさ。……とはいうものの、時間や空間、因果律を否定できないように神も否定できないのさ」（三七）

これは、作者シンガー自身の胸中の吐露でもあったのだろう。シンガーは、終生ユダヤ教へ回帰することはなくても、その核である神の存在を否定することはなかった。つまり、シンガーの『奴隷』（*The Slave*）のヤコブ（Jacob）に見られる否定しがたい精神的なジューイッシュ・コミュニティへの帰属感覚なのであろう。シンガーの友人であるイディッシュ語詩人のアーロン・ツァイトリン（Aaron Zeitlin 一八九八―一九七三）は、こうした特殊なユダヤ人の精神状態を詩にしている。

ユダヤ人であることは、終生神に向かって走り続けることだ。
たとえ神を裏切る者であっても、
たとえ神を否定しながらも、
メシア到来を知らせる角笛が鳴り響くのを待っているのだ。

たとえ望んでも、神の手から自由になることはない。
神への祈りをやめることなどありえない。
たとえどんなことがあっても。（*A Treasury of Yiddish Poetry* 三一八）

ミリアムの変質者的夫スタンリーは、アーロンに彼女を諦めさせようと妻の汚れた過去を暴露する。ミリアムは生きるために十六歳から色々な男に身を売り、戦争中はドイツ将校にまで身を任せた。ミリアムにピストルを突き付けて脅しながら、アーロンの前で、暗い過去を認めさせようとする。

この際にアーロンは、再び警告を発する母の声を聞く。「この売女《ばいた》から逃げなさい。そうでない

とひどい深みに陥るのよ」（七三）

シンガー文学に於いて両親の声は「良心の声」としてしばしば用いられる。自伝的な作品である『ショーシャ』（*Shosha* 一九七八）にも、その「良心の声」は主人公の心に響き渡る。両親の声がユダヤ宗教伝統の声「超自我」となり顕現《けんげん》しているのだ。

スタンリーにピストルで脅かされていたとはいえ、ミリアムを見捨ててマンションを逃げ出す自分の不甲斐なさを責めるアーロン。この類の話は他の短編「カフカの友達」（"A Friend of Kafka"）などにも描かれているので、それに近い出来事を著者シンガー自身が経験していたのか、近い友人からそのような話を聞いていたのかもしれない。スタンリーはミリアムが収容所で娼婦をしていたことも暴露する。

スタンリーにミリアムの部屋を追い出され、あてもなく早朝のマンハッタンを歩くアーロンは、大金持ちの知人レオン（Leon）とステファ（Stefa）のマンションに辿り着く。人生は「神が描く小説で、誰にも予測できない」（八四）とレオンは語る。短編「ゆりかごの影」（"The Shadow of A Crib"一九六二）の主人公も、この世を動かしているのは何であるのかという問いに対する答え――それは神か、それとも盲目的宇宙意思か――を求めているが判然としないまま姿を消してしまう。二十歳近くまでポーランドのハシド派の教育を受けたシンガーが、そのジューイッシュ・コミュニティを離れても求める「絶対神」への否定しがたい信仰心を、この主人公を通して描いたのだろう。

新聞社からも、アーロンが来ないので人気のコラム「人生相談コーナー」への手紙がたくさん溜まっているといると連絡があった。レオンは彼のために、部屋に様々な備品をそろえ、そこで仕事ができるようにしてくれた。おまけに八十歳のレオンは自分の財産を妻とアーロンに残す遺言書を書くという。

そんなある日、ミリアムから電話があった。返答しないでおこうとも考えるが、そう出来ず、彼女の話を聞いてしまう。ミリアムは、マンションにアーロンが置き忘れたものを返したいというのだった。アーロンは、ミリアムと二度と会うつもりはなかったが、忘れ物を受け取るだけならばと行きつけの喫茶店で再会してしまう。女性からの誘惑には容易に屈してしまう、シンガーが描く主人公たちに共通した特徴だ。

最初はアーロンも躊躇するが、結局ミリアムと元の鞘に納まる。アーロンに過去の汚点を隠す必要のなくなったミリアムは、自らを「売春婦」と名乗りアーロンから金を受け取り、「娼婦」(prostitute 九九)に徹するつもりだと主張した。

ある日突然、ミリアムの父モリス・ザルキント(Morris Zalkind)が現れ、アーロンに、娘のミリアムがマックスと組んで、多くのホロコースト生存者に支払われたドイツ政府補償金を預かるが、投機に失敗しすべて失ってしまったことを語る。それにも拘らず、娘はマックスの許へ行こうとする。どうしたら娘をマックスから引き離せるのかをアーロンに相談に来たと言う。しかしザルキントの真意は、アーロンが真剣に娘を愛するならば結婚を許してもよいと申し入れることだった。しかし、ミリアムにはまだスタンリーという夫がいた。

ここでザルキントには、新世界アメリカと旧世界の東欧ユダヤ社会の価値観が窺《うかが》える。すなわちアーロンが既にアメリカで作家として成功しつつある、というアメリカの拝金主義的な価値観と、アーロンがラビの家（戦前の東欧ユダヤ社会の良家）の出身であることを重んじている、ジューイッシュ・コミュニティ感覚に基づいた宗教的価値観である。そのような二重の理由からアーロンに娘ミリアムとの結婚を申し出る。その上「アーロンがミリアムとの結婚を承諾してくれれば、高額な持参金だけでなく、家も買ってやる」（一二〇）と約束した。

心臓発作に苦しむマックスが滞在するホテルへ向かう途中でアーロンは、竹馬の友（landsman）であるミーシャ・バトニック（Misha Budnik）に偶然出会う。ミーシャは、ホロコースト生存者が受け取った大金を失った張本人であるマックスが、アメリカへ戻っていることを知る。ミーシャの妻フレイドル（Freidle）は、夫に内緒であったがアーロンと以前男女の関係があった。この夫婦はともに「自由恋愛」という哲学を信じ、お互いの自由な恋愛を容認していた。『ショーシャ』に出てくるハイムル（Haiml）という人物もそうである。作家シンガーの人生を考えると、彼の快楽主義的な性哲学の一部であるのかもしれない。

マックスの容体は悪く、すぐには手術も出来ないらしい。その上、彼には既にお金もない。アーロンとミリアムは何とかしようとして、結局ミリアムが子守をしている家にマックスを引き取ることにした。家主のリン・ストルナー（Lynn Stallner）はディディ（Didi）という子供の世話をしているミリアムからの頼みを受け入れ、マックスとアーロンに面会する。短編「混乱」（“Confused”）にも類似した設定が描かれている。この辺も実話に近い話なのかもしれない。リンは英訳されたアーロンの小説も読んでいた。ここでいう英訳本は、時代考証をすれば作者シンガーの大作『モスカット家一族』（*The Family Moskat* 一九五〇年英訳）に相当すると考えられる。

2 ジューイッシュ・コミュニティの紐帯としてのイディッシュ語

マックスがアメリカに帰国している噂はすぐにニューヨークのジューイッシュ・コミュニティに広まるが、彼の重篤な病気への配慮から、債権者たちも状況を静かに見守った。ミリアムは父ザルキントに借金を申し入れるが、マックスと離れない娘にはお金など貸せない、と父親は断って来た。

この場面で、家主の女性リン・ストルナーが初めて登場する。彼女は大学の講師をしているインテリ女性だ。リンもユダヤ人であり、祖父母はイディッシュ語を話していた。マックスも驚いて、イディッシュ語でエイシェス・ハイール（"Eyshes Chayil"）とほめる。「価値ある女性」という意味である。この知的な女性が所有する平屋の一軒家にマックス、ミリアム、アーロンが移り住む。リンの場合の様に、イディッシュ語は実際に現存するアメリカのジューイッシュ・コミュニティを結ぶ精神的な紐帯となっている。

いかにも女権運動家らしく、リンは、女性が一生、料理に人生を捧げることなど必要ないと力説する。

「ここはアメリカよ。ここでは、女性だからと言ってジャガイモの皮むきや、洗濯したりだけで一生を無駄にしてはいけないのよ。もちろん、私だってジャガイモの皮むきもするし、皿洗いもするわ。でも、時間の使い方がうまい人はどんなこともできるのよ」（一三九）

ベティ・フリーダン（Betty Friedan）の著作（*The Feminine Mystique* 一九六三、邦題『新しい女性の創造』）を彷彿させる女権運動家の主義に通底する主張だ。時間は作るものであるということを強調するリンは、明らかにミリアムとは違う独立型の女性である。

リンは彼女の家を出るときに、ミリアムやマックスに抱擁しキスをした。アーロンにも同じようにしようとしたが、彼はしり込みする。リンは、「あら、まだイェシヴァーの学生のままなのね」（一四〇）と言って握手をする。「イェシヴァの学生」（Yeshiva Boy / Bocher）というのは、「ユダヤ教を一心に信じ、敬虔で純情な学生」という意味でシンガーがよく用いる表現である。色々な女性と関係を持ちながらも、若い時に受けたユダヤ教律法の教えが主人公の心に微妙にだが作用しているのだろう。

次々と目まぐるしく状況が変化する。マックスがホロコースト生存者たちから預かったお金を横領したユダヤ人ハリー（Harry）は自殺してしまうが、そのおじにあたるハイム・ジョエル・トレイビッチャー（Chaim Joel Treibitcher）は、おじとしての責任感から被害者たちの面倒も見ようとする慈善家である。今はイスラエルに在住するこのハイムから電話があり、イスラエルで有名な医者を見つけたので、マックスはもう安心だと知らされる。イスラエルへの旅費もすべてハイムが支払うことになった。イスラエルにはマックスの妻もいる。八方ふさがりのミリアムは突然感情的になり、自暴自棄になる。

マックスの妻プリヴァの女中ツロヴァ（Tzlova）は、占いや予言に凝っている女性だった。ツロヴァは、以前マックスと同居していたので、マックスの事は全てわかっていた。未来を予知できるのか希望的観測か、ツロヴァはアーロンが自分のものになると予言した。ミリアムはまた、マックスがイスラエルへ行ってしまえばアメリカにいる意味は無いと感じ、アーロンにイスラエルへ移住しようと持ち掛ける。しかし、イスラエルはアーロンにとっては全く魅力のない国であった。その背景を理解するには、作者シンガーのイスラエル批判を理解する必要がある。

一九四八年に建国された現代イスラエルは、ユダヤ人の伝統的なイディッシュ語を無抵抗なホロコーストの犠牲者の言語であるとして切り捨て、神聖な聖書ヘブライ語を自国語として選択した。それればかりか、イスラエルはその聖なる言語を世俗的な現代ヘブライ語に変え、民族国家を標榜したのである。シンガーの作品には、それに対する彼の深い失望と批判が見られる。

ユダヤ人の二千年の流浪の歴史を否定するイスラエルに対して、イディッシュ語話者のアーロンは全く魅力を感じない。この辺の事情は『わが父アイザック・B・シンガー』（イスラエル・ザミラ著、広瀬佳司訳、一九九九）にシンガー自身の言葉で、イスラエルへの思いが率直に綴られている。

一九七八年、ノーベル賞授賞式にストックホルムへ出発する二、三日前に当時のイスラエル首相であったベギン氏から会いたい旨を告げられた時の事である。

父がストックホルムへ出発する二、三日前に、ベギン首相が会見を申し出た。父はとても忙しかったので、誰か迎えをよこしてくれるよう首相に頼んだ。ところが、自分で来いという返事であった。それもとても失礼だったが、私は行くように父に勧め、父はタクシーをとって出掛けた。

帰って来た父の話を聞くと、最初は親しい話し合いだったらしい。ところがしばらくすると、ベギンがイディッシュ語は決してヘブライ語のようにはならないと言うのだ。イディッシュ語では兵士に命令も出せないし、軍隊を指揮することなどできないという。

それに対し父は、イディッシュ語は軍隊のためのものではなく、平和のための言葉だと言い返した。（『わが父アイザック・B・シンガー』二六一）

『メシュガー』で、マックスを金銭的に助ける寛大なハイムを観察して、アーロンはユダヤ神秘思想であるカバラ哲学を想起する。この人物は世界修復（Tikkun）思想のために神から送られたのだとさえ考える。世界を修復するのがユダヤ人の定めである、というユダヤ神秘思想家のルーリア（Isaac Luria）の言葉がある。その言葉通り、ハイムはアーロンにもミリアムにも小切手を送って来た。また、前述したように、ハイムの甥ハリーが、マックスやミリアムと組んで、ホロコースト生存者の補償金を失ったのだが、それを補償するため、ハイムは多大な迷惑をかけた貧しいユダヤ人たちに、少しずつ返済をし始めていた。ハイムは、彼なりの方法で世界の修復をしているのだ。

ミリアムは、マックスの事があってから急に宗教的になり、アーロンに聖書を買って欲しいと願い、彼もそれをプレゼントする。今までのミリアムと異なり、畏敬の念を抱かせる存在に昇華している。当初は『ショーシャ』の主人公ショーシャとは対照的で、多情な女性として登場するミリアムだが、次第に変化が見られ、共通項も見えてくる。

アーロンはミリアムを通して、ホロコーストで犠牲になった両親や親戚の人々を想い出すのだ。あたかも、東欧の失われたジューイッシュ・コミュニティをミリアムが再現するかのようだ。最初は、ミリアムと純真無垢なショーシャは対照的な人物であるように思えたが、次第に、ある意味で非常に類似してくる。それについて、愛人マックスが述べている「真の愛という点では、生娘《きむすめ》の様に清廉潔白な女性」（一六〇）という言葉はミリアムの一面を明らかにしている。

3　ホロコーストで消えた世界——戦前のジューイッシュ・コミュニティ

ミリアムは、アーロンが彼の母親を想い出せるよう、子供の頃の儀式を再現してみせた。「白いカチーフで頭を覆い、蝋燭《ろうそく》の光により不思議な空間が生まれる」（一六〇）。正に、俗世界から聖なる世界の境界を超える安息日の蝋燭の光だ。そして、「今日の日、私はあなたと結ばれた」（一六一）とミリアムはラビに代わって二人の宗教上の結婚を宣言するのだった。
その夜、アーロンは不思議な夢を見た。ユダヤ人がいなくなったはずのポーランドへ戻っているのだ。ある作家に招待されたが、ワインを買うのを忘れて地下へ降りていく。すると、そこはニューヨークではなく、戦前のポーランドに存在していたシュテトルであった。

「驚いたことに私はニューヨークではなく、シュテトルに立っていた。木造の小さな家並みが続く、歩道は舗装もされず雨の後の様に水たまりができているのだ」（一六一―二）

これが、ホロコーストで失われた戦前のジューイッシュ・コミュニティであったシュテトルである。夢の世界は時間や空間の制約を受けない。今は無きポーランドのユダヤ・コミュニティをリアルに再現するところがシンガー文学の真骨頂であろう。『メシュガー』に登場する人物は多くがホロコーストの生存者である。しかし、作家シンガーの創造空間には、イディッシュ語という犠牲者の言語を共有する人々が生きている。シンガーはしばしば、なぜイディッシュ語で創作を続けるのか尋ねられ、次のように、ユーモアを交えて答えた。

どうして死につつある言語で書くのですかとしばしば問われます。私は好んで幽霊を描くので、死につつある言葉がとても相応しいのです。言語の死の過程が進めば、それだけ幽霊は生き生きしてきます。霊はイディッシュ語を好みまして、私の知る限りで言いますと、イディッシュ語を話しています。私は悪魔や幽霊だけではなく復活も信じています。いつか、イディッシュ語を話す何百万の死者が墓から蘇り、「最近売れている本は？」と尋ねるかもしれません。（イスラエル・ザミラ 二四九）

アーロンは時折、死者たちに思いを馳せる。死後の世界はどこにあるのだろうか？「死者たちの愛、苦悩、希望、幻想というものは宇宙のどこかに記されているのだろうか？」（一七〇）。こうした想像は、『ショーシャ』でも書かれている哲学である。作家アイザック・シンガーは、戦前のポーランドのジューイッシュ・コミュニティの大半の犠牲者を記憶の奥底にしまい続けていたようだ。シンガーは、そうした今は無き過去を蘇らせるために小説創作をイディッシュ語で続けたのであろう。同様の事が、彼に多大な影響を与えた実兄であるイスラエル・ジョシュア・シンガー（Israel Joshua Singer 一八九三―一九四四）の回想記『今は無き世界』（*Of a World that Is No More* 一九四六［イディッシュ語版 *Fun a velt dos iz nishto mer* 一九四四］）にも言える。そこに流れているのは同じ故郷のワルシャワのジューイッシュ・コミュニティへの強い憧憬の念であるかもしれない。

アーロンが、旧友のミーシャとフレイドルのマンションを訪れると、フレイドルが祭日の盛装をしている。フレイドルが正統派の女性として、ポーランド系ユダヤ人が守っていた伝統に則《のっと》り、喜びに満ち溢れていた安息日の儀式を行なう。最も基本的で、最も大切な神との契約の更新日が安息日であり、その聖なる空間であることに間違いはない。モーセの十戒の第四に「安息日を心に留め、これを聖別せよ」（「出エジプト記」二〇章八節）とある。この聖別された空間こそジューイッシュ・コミュニティの中核である。この聖別が行なわれなかったホロコースト時代に、ジューイッシュ・コミュニティの精神は失われ「狂気」の状態に追いやられたのが、イディッシュ語を用いていた多くのユダヤ人である。

ホロコースト映画『シンドラーのリスト』（一九九三）のエンディング直前に次のような大切な一場面がある。シンドラーが、今は彼の工場で職工として働くラビに「今日は何曜日かね、もうすぐ日が沈む、私の部屋にワインを取りに来なさい」と言うと、ラビは最初、シンドラーが何を言っているのか理解できない。やがて、安息日であったことを想い出し、次の場面ではヘブライ語で数人のユダヤ人強制労働者が祈り始める。ホロコーストという異常な時空に、一瞬正気が戻り、ジューイッシュ・コミュニティが復活するシーンである。『シンドラーのリスト』は、ユダヤ人家庭の安息日の祈りのシーンから始まり、このラストシーンの安息日の儀式に収束する枠構造で成り立っている。さすがに、スピルバーグ監督の作品である。残念ながら、そのことに気付き、言及する日本の映画評論家の批評はお目にかかったことがない。ジューイッシュ・コミュニティにしか開かれていない、特殊なユダヤ教の空間である。

おかしな状況だが、ミーシャとフレイドル、ツロヴァ、高齢のレオンとその妻ステファ（アーロンの昔の恋人）とアーロンの六人のグループを、ミリアムがイスラエルのテル・アヴィヴ空港で迎える。ミリアムは他の人たちには挨拶するが、アーロンとの関係を迫ったお手伝いの女性ツロヴァは無視する。女性同士感じる敵意があるのだろう。ミリアムによれば、マックスは相変わらずの病状だという。

マックスの妻プリヴァは金持ちの未亡人グリッツェンシュタイン（Mrs. Glitzenstein）と知り合い、オカルトパワーを使い、二人でヘルツル博士を口寄せしているという。(1) シオニズムの運動の唱道者でもあったヘルツル博士の話題は、千年ぶりに再建されたイスラエルでの話題である。ツロヴァは、女主人プリヴァのところへ移り住んだ。

プリヴァは電話をしてきて、アーロンに電話で「交霊術でマックスの亡くなった先妻やナチの手で殺された二人の娘とも会った」（一九一）と語る。交霊術に没入しているプリヴァも、結局ホロコーストの影から自由になれないメシュガーなのだ。登場人物は、みなそれぞれの仕方で心の病に侵されている。その出口もないブラックホールの前ではなすすべもない。

ミーシャにとってイスラエルの厳しい宗教律は疎ましかった。結局ミーシャとフレイドルは一週間でアメリカへ帰国してしまう。一方、レオンは高齢であるが気候が合い、余生をイスラエルで過ごしたいと考えた。ミリアムは、マックスが性的に不能になったせいかアーロンの求めも拒むようになった。またミリアムの変化は彼女のヘブライ語への関心にも見られる。そして、次第にイディッシュ語への関心を失う。

結局アーロンは今まで付き合った女性とすべて距離を置くことになる。ミリアム、ツロヴァ、ステファ、フレイドルと、みな彼から離れていく。イスラエルでは運命が、あたかも今までの罪滅ぼしの様に、彼に独身（celibate）のまま余生を送らせようとしているようだった。

4　イディッシュ語とヘブライ語

この作品の舞台は一九五〇年代であるが、実際は、一九八一―八三年に『フォワード』紙にイディッシュ語で連載されたものである。つまり、ノーベル賞を受賞した一九七八年以降に書かれたものなので、イディッシュ語に関する作家の弁にもイディッシュ語作家としての自信が明確に読み取れる。

主人公は、なぜヘブライ語でなくイディッシュ語に固執するのかと尋ねられるとこう答えた。

「私の母も、祖母たちもみなイディッシュ語を話していたのです。もし、イディッシュ語が、バール・シェム・トヴやヴィルナのガオン、ブラツラヴのラビ・ナハマンに十分であり、ナチによって葬られた何百万のユダヤ人に十分な言語であったならば、私にも最適な言語なのです」（一九四）

この彼の答えはシンガーの考えに基づく。『わが父アイザック・B・シンガー』にもしばしば現代へブライ語への不満が述べられている。シンガーにとって、イディッシュ語はユダヤ伝統の空間であり、ホロコースト前までユダヤ人が暮らした東欧・ロシアのジューイッシュ・コミュニティの証なのだ。

ハイムと同等に裕福なベイゲルマン夫人（Mrs. Beigelman）が、アーロンに文学賞を授与するパーティーを開く計画を立てる。そこへ招待されるアーロン。テル・アヴィヴ郊外にあるハイムの屋敷には多くの招待客が集まる。ハイムとベイゲルマン夫人（二人は近く再婚する）がアーロンとミリアムを迎える。多くの人々の前で文学賞が授与されたアーロンに、一人の老女が近づいてきた。ハイムの亡き妻マティルダ（Matilda）のいとこであるという。その彼女の口から驚くべき話が伝えられた。ミリアムがホロコースト時代にカポ（kapo）であったというのだ。

カポとは、強制収容所でドイツ兵の手先となり、同じユダヤ人に、ドイツ兵の手先として強制労働を強いたユダヤ人のことである。カポは、ユダヤ人の子供をガス室に連れて行くこともしているので、他のユダヤ人から見れば冷酷非情で鬼のような存在であり、憎むべき同胞であった。

ほとんどの場合、まともなユダヤ人がカポになることはなかったことを念頭に置けば、この老女が語る話がミリアムの本質を伝えているのかもしれない。ただ、カポであることは、「少しでも長く生き延びるためのユダヤ囚人の生と死の選択でもあった」（二〇八）。ミリアムが近づくと老女は逃げるようにその場を立ち去る。なぜであろうか？　もし強制収容所に入っていた生存者であれば、事実をミリアムに突き付けてもよいのではないだろうか。ミリアムの夫スタンリーが、彼女とドイツ兵の情交をアーロンに暴露したように。しかし、その老女にも、そのようなことは出来ないのだ。生と死が隣り合わせにあり、生きるためには何でもしなければならなかった当時の状況を痛いほどに知り、ある程度理解をしていたからこそ、ミリアムの前では語れないのであろう。これもホロコーストを生き抜いたユダヤの民に通底するコミュニティ感覚なのかもしれない。

その老女が何を話したのかをミリアムに尋ねられたアーロンは、「消えることもない家族の悲劇だよ」（二〇七）と話をごまかす。しばらくするとアーロンは吐き気を催す。そして、タクシーを待つ間に吐いてしまう。これでミリアムの前で吐くのは二回目であった。一度目は彼女の暴力的な夫スタンリーにピストルで脅されたとき。「嘔吐」（vomit 二〇八）が象徴的に用いられている。ホロコーストという共通項を持たないアーロンにとっては、受け入れがたい状況であり、それが「嘔吐」に象徴されているのかもしれない。

しかし、アーロンは自分自身を思い返して考える。「自分にヒトラーの犠牲者たちを裁くことが出来ようか？」（二〇八）。嘔吐を催すようなミリアムやスタンリーの行為は「生きるための避けられない手段であった」と言えるかもしれない。

ハイム邸のパーティーが終わると、ステファやレオンもアメリカへ帰っていく。アーロンもアメリカへ帰る前にミリアムの母親に会う。彼女の話によると、ミリアムは惚れやすい女性で、そのために救いがたい詩人のスタンリーと結婚したのだという。

アメリカへ帰る飛行機の中でアーロンは、ハイファからきたラビと話し込む。どんなものを書いているのか尋ねられて、小説だと答えた。するとそのラビが、「小説など不道徳な産物にすぎない」(二一四)と言い放った。正に、ミリアムやアーロンの生活が批判されているのだ。いかにも狭量な律法中心主義者の反応であった。『奴隷』に描かれた、ジューイッシュ・コミュニティの非ユダヤ教徒のワンダへの非情さを彷彿させる。

5　ジューイッシュ・コミュニティ帰属感の喪失と創作エネルギー

『メシュガー』の結末で語られるレオンの死生観が興味深い。彼によれば、「死」を恐れても意味がない。しかし「ムサール」では「罪を犯さない目的で死を考え続ける必要」(二一七)があると教えていることをアーロンは強調する。(2)

レオンは妻のステファが以前アーロンと関係があったことも知っているが、彼の死後はアーロンとその妻が再婚することを望んでいる。

作品の舞台は一九五〇年前後であり、一九〇二年生まれの作者の年齢が投影されるなら、アーロンはおよそ四七歳。まだイスラエルが建国(一九四八年)されて間もない頃である。

イスラエルにマックスと住むミリアムから近況報告の手紙がある。博士論文もエルサレムの大学で受理されそうであること。マックスとの関係も精神的なものになったこと。「マックスは私のすべてで、父でもあり、夫なの」と書いてある。また、ハイムが「心の澄んでいる人である」（二二〇）ことに驚いている様子だ。

ハイムとマックスはイディッシュ語で話しながらも、その中にヘブライ語を交えている。イスラエル国家が独立した当時、イスラエルに住んでいたユダヤ人たちは必死に自分たちの強い国を確立するために、犠牲者のイメージが払拭できないイディッシュ語を棄《す》て、伝統的な聖書言語であるヘブライ語を選択した。建国当時の事情をよく知る二人だが、当然のことながら母語であるイディッシュ語文化や、そのコミュニティがイスラエルで失われていくことが残念であるという。

パレスチナで生まれたイスラエル人（Sabras）にとって、ホロコーストという迫害に対し、無抵抗であったイディッシュ語話者など「間抜けな人々」（shmageges）でしかない。しかし、イディッシュ語を母語として、ホロコーストを生き抜いたミリアムの伝統意識こそ、アーロンには大きな救いなのである。愛こそ人間に許された自由であり、自由こそ愛である、と述べているアーロンがミリアムに求めたものは、ホロコーストと共に失われた彼のコミュニティへの帰属意識かもしれない。色々な人々に批判されても、最後にアーロンはミリアムと結婚する。

シンガーの哲学でもあろうが、アーロンにとって「神への愛は命令によっては起こりえない。それは自由意志による行動としてのみありうる」（二二六）のだ。それこそが、自由とは「神の実験室」での試みにすぎないことを示している。ユダヤ教伝統から離れた考えに映るが、シンガーの独自な宗教論でもあろう。

不思議なことに、愛と自由という極めて人間的な欲望が、神の意図とも遠い一点で結びついているようにさえ思える。「真の芸術作品は神意の新たな表現なのだ」（二二六）というシンガーの声が響いてきそうだ。

マックスが亡くなり、アメリカへ帰国したミリアムとアーロンは、ラビによる宗教上の結婚ではなく、市役所での非宗教的な結婚を選んだ。ミリアムは子供が出来たら名前をマックスにしようと提案すると、アーロンは答えた。「特殊な時代を生きてきた二人はラバ（mule）のようなもので、もうその子孫はいらない」（二二八）。ラバとはロバと馬の雑種で、繁殖不能であることからアーロンはこう言ったのであろう。[3] 明らかに、ホロコーストの影に怯える作者シンガーの不安が読み取れよう。将来に対し悲観的で、シンガーが子供をもうけることを好まなかったことはよく知られているが、そこにも、彼が帰属すべき精神的ジューイッシュ・コミュニティを失ったことからくる、拭いようのない喪失感が窺える。一方、この喪失感が、シンガーのイディッシュ語での創作を支えるエネルギーとなっていたのも否定しがたい。

註

（1）テオドール・ヘルツル（Binyamin Ze'ev Herzl 一八六〇―一九〇四）は、失われた祖国イスラエルを取り戻すシオニズムを起こした一人。

（2）ムサール運動（Mussar Movement）はリトアニアのハシディズムに属さない反対者の間に起こり現在まで続

く、ユダヤ教の倫理面を強調する運動のことである。ハイム・グラーデの長編 *The Yeshiva*（一九六七）の主人公がこの教えを説いている。ムサールとは倫理とか、伝統を意味するヘブライ語の言葉である。

（3）アイザック・シンガー研究の第一人者である大崎ふみ子先生にご教授を受けた。他にも非常に深い示唆を数多くいただいた大崎先生に深い謝意を表したい。

引用・参考文献

Grade, Chaim. *The Yeshiva.* Trans. Curt Leviant. New York: The Bobbs-Merrill Company, Inc., 1976.

———. "Laybe-Layzar's Courtyard." *Rabbis And Wives*. Trans. By Inna Hecker Grade. New York: Alfred A. Knopf, 1982.

Ozick, Cynthia. "Envy, or Yiddish in America". *The Pagan Rabbi and Other Stories*. New York: Knopf. 1971. London: Secker and Warburg, 1972.

———. *The Shawl*. New York: Vintage International, 1990.

Singer, Isaac Bashevis. *The Slave*. Trans. I. B. Singer. New York: Farrar, Straus & Giroux, 1962.

———. *Enemies, A Love Story*. Trans. Aliza Shevrin and Elizabeth Shub. New York: Farrar, Straus & Giroux, 1969.

———. "Something Is There." *A Friend of Kafka and Other Stories* (1970). New York: The Library of America, 2004.

———. *The Penitent.* Trans. Joseph Singer. New York: Farrar, Straus & Giroux, 1983.

———. *Meshugah*. Trans. I. B. Singer. New York: Farrar, Straus & Giroux, 1994.

Wiesel, Elie. *Un di Velt hot Geshvigun (And the World Remained Silent)*. Argentina: Central Organization of Polish Jews in

Argentina,1956.

Four Hasidic Masters. London: U of Notre Dame P, 1978

Wolitz, Seth L. Ed., *The Hidden Isaac Bashevis Singer.* Texas: U of Texas P, 2001.

Zeitlin, Aaron. "Being a Jew." *A Treasury of Yiddish Poetry*, Irving Howe and Eliezer Greenberg Ed. New York: Holt, Rinehart and Winston, 1969.

大崎ふみ子『アイザック・シンガー研究』吉夏社、二〇一〇年。

第4章　精神的な絆としての「ジューイッシュ・コミュニティ」感覚

――マラマッドの「最後のモヒカン族」と「引き出しの中の男」を中心に――

鈴木 久博

1　はじめに

ロシア系ユダヤ移民を両親に持つバーナード・マラマッド（Bernard Malamud）は、一九一四年にニューヨークのブルックリンでこの世に生を享けた。マラマッドは生涯、ブルックリンの他、マンハッタン、オレゴン、ヴァーモントなどアメリカ国内のいくつかの場所に移り住みながら、創作活動に取り組んだ。オレゴン州立大学在籍時には奨学金を得、ローマに滞在し、ヨーロッパを旅行している。このような経験が、マラマッドに作品の素材を提供したと思われる。多くの作品の舞台はニューヨークと思しき都会の一角であるが、中にはアメリカ西部や、イタリア、それにロシアを舞台にしたものも見られる。

場所は変われども、マラマッドの関心は一貫して、その土地におけるユダヤ人の人間としての生き方であった。それは、かつて数百年にわたって東ヨーロッパに存在していたユダヤ人町（シュテトル）のような限られた空間、外部とは異なる文化や伝統を持つ空間におけるユダヤ人の姿ではない。マラマッドの作品で描かれるのは、異邦の文化や価値観に直面し、葛藤を感じながらも、ユダヤ人としてのアイデンティティを保ちつつ生きようとする人々の姿なのである。非ユダヤ文化のしばしば俗的で物質主義的な影響を受けた主人公が、それをいかに克服して正しく生きるか、その様子が描かれるのである。マラマッドの作品におけるジューイッシュ・コミュニティは、異邦の中でユダヤ人としての精神的な絆に依拠し、価値観を共にしようと努めるユダヤ人の共同体であると言える。

また、マラマッドは、「全人類の運命の比喩としてユダヤ民族の歴史を考えるのが好きだ」（Leviant 五〇）と述べ、「ユダヤ人を普遍的人間として描くようにしている」（Cheuse & Delbanco 一三七）という。そうであるならば、ジューイッシュ・コミュニティについても、人類という、より大きな共同体の象徴として考えることができるのではないだろうか。

本論ではまず、ジューイッシュ・コミュニティの特徴として、その共同体感覚を明らかにする。そして、その感覚がいかにマラマッドの作品中に認められるのかを指摘したい。

2　ユダヤ人の歴史と共同体感覚

ユダヤ人の共同体感覚について考えるために、まずユダヤ人とは誰なのか、そのアイデンティティを明らかにする必要がある。ケンブリッジ大学名誉教授のニコラス・デ・ラーンジュ（Nicholas de Lange）は、ユダヤ人は生物学的意味では人種ではなく、また、キリスト教徒のような宗教的コミュニティでもないと指摘する（Lange 一八－一九）。そして、ユダヤ人のアイデンティティは歴史の中に求められるべきだと述べる。

　究極的にユダヤ人を一つの民族にしているものは、過去の共有、すなわち同じ歴史的経験をしてきたという感覚である。この感覚が、世界の異なった場所に住んでいるユダヤ人を一つにしている。（一九－二〇）

ラーンジュはまた、ユダヤ民族史のあらゆる変遷を通じて、ユダヤ人は一つであるという意識が堅固に維持されてきたと指摘する（二一）。そして、「全イスラエル民族が一つであるという考えは宗教的な希望でもなく、目標でもない。それはむしろ出発点であり、当然のことと考えられ、そこから他の考えや行動が生まれる公理なのだ」（二一）と述べている。ユダヤ人が一つであるという感覚はユダヤ人の存在の根源的要素であると言えるだろう。

ラビ、ハロルド・S・クシュナー（Harold S. Kushner）も、ユダヤ教は、「アブラハム、イサク、ヤコブの何世代にもわたる子孫の共同体、エジプトで奴隷となった経験や、その奴隷状態からの奇跡的な解放を経験した民の共同体から出発する」（Kushner 一〇－一一）と述べている。そして、ユダヤ人にとって重要なことは必ずしも宗教上の慣習や掟の遵守ではなく、「ユダヤ人およびその共同体への献身」にあると指摘する（一一）。ユダヤ教では、「宗教上の存在としての本質は、神についての信仰にではなく、神を求める共同体の一員であることにある」（一三）のであり、「私たちが神に義務を負う以上に、共同体の各人に互いに義務を負う」（一四）というのである。ユダヤ教において「最大の異端とは神の存在や属性を否定することではなく、周囲の人々に対する義務を否定すること」（一三）と考える所以《ゆえん》である。

このように、ユダヤ社会では共同体を重視し、そこでは人々は昔からの「すべてのイスラエル人は、互いに対して責任がある」という教えを今日でも信奉しているという（Lange 一二一）。それは、ディアスポラによって異なった国や社会に暮らしていたとしても変わらない。

非ユダヤ社会に生きるユダヤ人を描くマラマッドの作品でも、ジューイッシュ・コミュニティで伝統的に保持されてきた共同体感覚や連帯意識がそのテーマとして扱われていると思われる。ユダヤ人としてのアイデンティティが直截《ちょくせつ》に問われる作品のみならず、より普遍的なテーマを持つ作品においても、そのような感覚や考え方が底流に流れていると思われるのである。

以下にマラマッドの作品を取り上げ、この点について考察する。

3 「最後のモヒカン族」

マラマッドの最初の短編集『魔法の樽』（*The Magic Barrel* 一九五八）所収の「最後のモヒカン族」（"The Last Mohican" 一九五八）は、イタリアを舞台にした作品の一つである。主人公アーサー・ファイデルマンは、アメリカで画家として失敗したと自認し、その後は中世イタリアの画家ジョットの研究に専心している批評家である。ジョットについて見識を深めるべく、イタリアに一年間滞在するために金を貯め、この作品の冒頭では、彼はローマに到着したところである。そこへユダヤ難民のシモン・サスキンドが現れ、「シャローム」という挨拶とともに彼に話しかけるところから物語が展開してゆく。

サスキンドに挨拶を返す時のファイデルマンの様子から窺い知ることができるのは、彼がユダヤ人としてのアイデンティティを重視してこなかったことである。彼は「シャローム」と返事をするが、躊躇した様子で、「記憶する限り、生まれてこの方初めてその言葉を発した」（一五七）のである。「シャローム」が、ユダヤ人の日常的な挨拶の言葉であることを考えると、いかに彼がユダヤ社会と関わらずに生きてきたのかがわかる。また、サスキンドにイディッシュ語は話せるかと尋ねられ、「自分の考えを一番うまく表現できるのは英語だ」（一五七）とイディッシュ語が話せないことを認めることからも、彼のユダヤ人としてのアイデンティティの希薄さが窺われる。

この短編は、ファイデルマンが自らのユダヤ人としてのアイデンティティに覚醒する過程を描くのだが、その手助けをするのがサスキンドである。彼は、マラマッドの代表的な短編「魔法の樽」（"The Magic Barrel" 一九五四）で主人公レオ・フィンクルを巧妙に導き、精神的成長を遂げさせる神出鬼没の結婚仲介人サルズマンのごとく、ファイデルマンに付きまとい、執拗にスーツをねだる。だが、ファイデルマンは彼の要求を二つの理由で拒絶する。一つには、借金をしてようやくイタリアに来ることができた自らの経済的困窮ゆえであるが、もう一つ、より根本的な要因と思われるのが、ファイデルマンがサスキンドの問題に対する自分の責任を認識できず、彼の要求を全く根拠がないものと考えることである。二人のやりとりを見てみよう。


「……なぜ僕を目の敵《かたき》にするんだ。サスキンド、僕は君に対して責任があるというのか」

「他の誰に責任があるか」サスキンドは大声で答えた。
・・・・・・・・・・・・・・・・・・・・
「どうして僕に責任があるんだ」

「責任とは何なのか、あなたはわかっているか」

「わかっているつもりだ」

「では、あなたには責任がある。なぜならあなたは人間だから。あなたはユダヤ人だから。そうでしょう」（一六五）

ファイデルマンの責任を問うサスキンドが根拠とするのは、ユダヤ人の共同体感覚に基づく相互援助の精神である。だが、サスキンドに対してファイデルマンは、「僕は一人の人間にすぎず、他人の身に降りかかった重荷まで引き受けられない」（一六六）と述べ、その責任を否定する。彼には本来同胞ユダヤ人として持つべき共同体感覚はなく、自分個人のことしか考えていないことがわかる。このようなファイデルマンのサスキンドに対する責務の否定は、上に引用したクシュナーの言葉を借りれば、周囲の人に対する自分の責務の否定であり、ユダヤ教における「最大の異端」（Kushner 一三）となってしまうだろう。

なお、サスキンドは違法な街頭販売で僅かな稼ぎを得てはいるが、極度の生活苦ゆえにファイデルマンの前には物乞いとして現れる。ユダヤ社会では、物乞いが生き延びることができるのは、「自分よりもさらに悲惨な状況に置かれた者に慈善を施すのが各人の責任であるというユダヤの伝統による」（Koppman 一二四―一二五）という。これは相互に助け合うジューイッシュ・コミュニティの精神の反映であると言えるが、この意味から考えても、ファイデルマンの態度は全くその精神にそぐわないと言わざるを得ない。

ファイデルマンがサスキンドに対して、同胞ユダヤ人として持つべき責任を感じられない本質は何だろうか。それは、彼には自分とサスキンドが同じ集団の一員であるという感覚が欠落しているためだと思われる。その理由として、まず、前述のように、彼のユダヤ人としての意識の希薄さが挙げられるだろう。例えば、「自分はいつも逃げている」（一五八）と言うサスキンドが、ファイデルマンに、どこから逃げているのかと尋ねられて、「ドイツ、ハンガリー、ポーランドから。他にどこがあるか」（一五八）と、ホロコーストに言及すると、ファイデルマンは「そんな昔のことか」（一五八）と答え、ユダヤ人の歴史を身に染みて感じていない現実を露呈する。また、カレン・L・ポルスター（Karen L. Polster）は、この作品のタイトル「最後のモヒカン族」に関して、ユダヤ難民サスキンドは、ファイデルマンにとってはすでに消滅した部族の最後の一人であると指摘し、彼がユダヤ人の過去の歴史に目を閉ざしている様子を示唆していると述べる（Polster 六三）。

ファイデルマンがサスキンドを同じ共同体の一員とみなすことができないもう一つの理由として、世の中の「常識」が考えられる。ローマに来るまで世界の全く異なる場所で生活し、現在も逗留者であるという自らの身分を盾にして、ファイデルマンは彼ら二人が同じ集団に属していることを認めようとせず、それに伴う責任を拒む。アメリカ社会に住み、ユダヤ人としてのアイデンティティを疎かにしてきた彼には、すべてのユダヤ人は一つであるという感覚が欠けているのである。そして、自分は単なるよそ者であると考え、それゆえに責任はないという「常識的な」判断を下すのである。

ファイデルマンが自らを部外者とみなしている様子は、歴史に対する彼の姿勢が象徴している。街を散策し、自分の足元に古代ローマの遺跡が埋まっているのを悟って、彼はそのような歴史の中を歩いているのを「極めて刺激的、感動的な経験」（一六二）と感じる。そして、「歴史は彼が適切だと思う以上に彼の気持ちを刺激した」のだが、「この種の興奮は、ある程度までは好ましく、芸術家にはうってつけだが、批評家にとってはそれほどでもない」（一六二）と、距離を置いてしまう。ファイデルマンは歴史に深く関わろうとせず、第三者的立場に徹するのである。そして、サスキンドが経験している苦難に対しても、彼は同様に傍観者を決め込むのである。彼が傍観者の立場を脱し、サスキンドが抱えている問題に関わるためには、「常識」の壁を乗り越える何かが必要なのである。

ファイデルマンが「常識」を打破するためには、自らのユダヤ人としてのアイデンティティに目覚める必要があり、そのためには、ユダヤ人の歴史を肌に触れて感じる必要があった。サスキンドにつきまとわれたファイデルマンが、予定を変更してローマからフィレンツェへ移動しようと決心したまさにその時、彼が滞在するホテルの一室から、執筆中のジョットに関する論文を収めた書類鞄が紛失する。証拠はないにもかかわらず、ファイデルマンはサスキンドの仕業に違いないと確信し、彼を探し出そうとあらゆる手を尽くす。その過程でファイデルマンは「ユダヤ民族史の恐怖の中にどっぷりと浸かる」（Richman 一一七）ことになる。シナゴーグに入り、堂守から息子がドイツ軍に虐殺された話を聴き、その堂守の指示でゲットーを訪ねる。また、サスキンドが時々働いているという墓地へ行き、そこではアウシュヴィッツでナチスに殺害されたユダヤ人の墓に遭遇する。後にサスキンドの住処を突き止め、「真っ暗で底冷えのする洞窟」（一八〇）のような部屋に入り込んだ時には、そのあまりの悲惨さに、「その衝撃から完全には回復できなかった」（一八一）ほどであった。

ファイデルマンはこのようにしてユダヤ人の歴史に触れ、重苦しさを感じるが、同時にこの経験が、彼に自らのユダヤ人としてのアイデンティティを強く認識させ、後に夢で啓示を受けるという状況を生み出したのかもしれない。その夢では、ジョットが描いた聖フランシスコが貧しい騎士に服を与える絵画が現れる。そして、ファイデルマンは目覚めるや否や、サスキンドのもとへ走り、自ら進んでスーツを渡すのである。

彼はおそらく彼自身が、貧しき者に全てを与え、自ら貧者となった聖フランシスコを題材とするジョットの研究者でありながら、一着のスーツすらも与えることを拒む姿を恥じ、猛省したのだろう。だが、この行為はまた、自らをサスキンドの境遇に対して部外者としか考えていなかったファイデルマンが、彼ら二人をジューイッシュ・コミュニティの仲間とみなし、その責務を自覚した結果だと考えられないだろうか。

物語の結末で、ファイデルマンは自分の原稿をサスキンドが燃やしてしまったと知って激怒し、逃げるサスキンドを追いかけるが、ふと「最近学んだすべてのことに心を動かされ」(一八二)、サスキンドを許す。彼がここで「学んだこと」と言っているのは、一つには、夢を通して悟られ、また、サスキンドが彼の論文について「言葉は書いてあったけど、魂が入っていなかった」(一八二)と指摘するように、善の実践が伴わない自らの偽善者たる姿であろう。そしてまた、ユダヤ人の苦難の歴史との遭遇によって呼び覚まされた、ジューイッシュ・コミュニティの一員としての自らの本来のアイデンティティであり、それに伴う責任だったのではないだろうか。

ユダヤ人は長年にわたって世界中に離散し、様々な国や政治体制のもとで暮らしているが、宗教的モダニストは、「ユダヤ人のアイデンティティは常に精神的な絆の問題だった」と述べている（Lange 一三二）。換言すれば、ユダヤ人は住んでいる国にかかわらず一つに結ばれてきたということであろう。ファイデルマンも、自分はアメリカで、サスキンドはローマで暮らしてきたという事実に囚われるのではなく、それを超越した同胞意識を持つべきであった。しかし、そのためには、自らのユダヤ人としてのアイデンティティを重要視する必要がある。最終的にファイデルマンはその境地に達するのだが、ユダヤ民族の苦難の歴史に触れることがその契機となったことを考えると、これは、ラーンジュの「ユダヤ人であるとは、歴史的経験を共有している感覚を持つこと」（Lange 一九）という主張と合致すると言えるだろう。

4 「引き出しの中の男」

「引き出しの中の男」（"Man in the Drawer" 一九六八）は、マラマッドの第三作目の短編集『レンブラントの帽子』（*Rembrandt's Hat* 一九七三）に収められている。この短編には「最後のモヒカン族」との共通点が認められる。主人公が外国における一時滞在者であり、旅先で助けを求められながらも、よそ者という自らの意識がその責任の自覚を阻むという設定である。異なる点としては、「最後のモヒカン族」では、ユダヤ人としてのアイデンティティが主人公が責任を自覚する上で重要な役割を果たすのに対し、「引き出しの中の男」では、その誘因となるのが必ずしもユダヤ人としてのアイデンティティではない点である。だが、この作品にユダヤ的要素がないわけではない。主要登場人物はユダヤ人であり、彼らのやりとりの中に、ジューイッシュ・コミュニティに見られる共同体感覚が比喩的に用いられていると考えられるのである。

この作品は、冷戦時代、共産主義体制下の旧ソ連を舞台としている。そして、そこに主人公であるユダヤ系アメリカ人ハワード・ハーヴィッツが、妻の死後、先妻との再婚話が持ち上がる中、その複雑な境遇を逃れ、何にも煩わされずに過ごしたいという理由でやってくる。物語は「最後のモヒカン族」同様、主人公が見ず知らずの人物から「シャローム」と挨拶されるところから始まる。声をかけたのはフェリックス・レヴィタンスキーという、父親がユダヤ人の人物で、タクシー運転手をしているが、翻訳の仕事もしており、作家でもある。

ハーヴィッツは、自ら「自分はあまりユダヤ的ではなかった」（三七）と言うように、アメリカ社会に同化した両親の影響を受けてきたと言える。彼の名前も高校卒業後に、父がハリスと変えていた。妻の死を契機に、彼は「本当の自分に近づく」（三七）という理由でハーヴィッツというユダヤ人の名前に戻してはいるが、ユダヤ文化や歴史に対する理解は十分ではない。

一方、レヴィタンスキーも、母が非ユダヤ人であることから、自分のことを「純粋なユダヤ人ではない」（三七）と言う。そして、旧ソ連で生きてきたためか、無神論者を自認するが、「ユダヤ人とユダヤ教を尊敬するように育てられた」（三七）とも述べている。彼は、ハーヴィッツが不用意に帝政ロシア時代の建築物に最も関心を惹かれると言うのを耳にして、思わず身震いするが、これは彼がその時代の激しいユダヤ人迫害を想起したためであろう。また、レヴィタンスキーが書く作品にはユダヤ文化を題材としたものが多いが、彼自身「ユダヤ人について書くと、物語が浮かんでくる」（六〇）と述べているように、レヴィタンスキーにはユダヤ人としての意識が強いことが窺われる。二人を比較すると、レヴィタンスキーの方がよりユダヤ的資質を持っていると言える。

レヴィタンスキーはハーヴィッツと話すうちに、彼がアメリカから来たフリーランスの作家であることを知る。そして、後日、ハーヴィッツに対して、彼が予想だにしなかった要求をする。それは、彼に自らが執筆した短編を読んでもらい、アメリカに持ってゆき、出版してもらいたいということであった。これはハーヴィッツのユダヤ人としての意識に訴えたものではなく、むしろ、旧ソ連という表現の自由が制限された国に暮らす一作家が、自由主義の国アメリカに住む同志の仲間意識に訴えたものだと言える。または、旧ソ連、アメリカという国を超越して、同じ人間としてその良心に訴えたとも見ることができるだろう。つまり、ここではジューイッシュ・コミュニティに特徴的な共同体感覚が、作家および人類としての同族意識として比喩的に用いられていると考えられるのである。ユダヤの伝統を尊重するレヴィタンスキーが、ハーヴィッツに対し、ジューイッシュ・コミュニティにおいてそうであるように、困窮状態にある者を助けることを当然のごとく期待したのかもしれない。

レヴィタンスキーの要請に対するハーヴィッツの反応は、当初サスキンドに対してファイデルマンがとった態度と酷似している。彼は旧ソ連の言論・思想統制によるレヴィタンスキーの窮状に対し、部外者である自分には責任がないと考え、「こんなごたごたに巻き込まれるために、誰が何千マイルも離れたロシアまでやってくるというんだ」（七三）と、自分のことばかりを気にかける。レヴィタンスキーの作品は読み、感銘を受けてそのことを彼に伝えはするものの、原稿をアメリカへ持ち出すことは断固拒否する。ハーヴィッツはレヴィタンスキーに、「あなたに対する私の責任とは正確には何なんだ」（七二）と問い、「私は通りすがりの旅行者にすぎない」（六二）ということを根拠に、レヴィタンスキーが法外な要求をしていると主張する。ファイデルマンが逗留者という理由でサスキンドに対する責任を「常識的に」拒否し、自己正当化したのと同様である。このような態度をとるハーヴィッツは、自らとレヴィタンスキーを同じ集団に属する者と考えられていない。彼自身の「作家としての君の邪魔をしているのは君の国であって、私やアメリカ合衆国ではない」（六九）という言葉が示すように、ハーヴィッツは自らとレヴィタンスキーを異なった国に住む者として明確に区別する。

ハーヴィッツがものごとにコミットしない、表層的な態度に終始することを象徴する場面が作品中にいくつかある。彼は時折シナゴーグへ立ち寄ると言うが、その理由を、「神がいた時や場所で使われていた言語や様子を体験して気分転換を図るため」（六〇）と述べており、ユダヤ教やユダヤ文化について、その思想や背景に深く関わろうとする姿勢は窺われない。歴史に対する彼の姿勢も同様である。レニングラードで冬宮殿や宮殿前広場など、ロシア革命に関連の深い場所を訪れた時、彼は、「この場所で起こった革命的な事件に想いを馳せると、思いがけず強烈な感情が湧き上がってくるのを感じた」（六六）と言うのだが、直後に「なぜ自分がロシア史の一部だなんて感じなくてはいけないんだ」（六六）と、自分の感情を抑制する。自分はロシア人ではないため、その歴史を外から眺めようという傍観者的態度が感じられる。また、先妻との再婚についても、永遠に「はっきりした態度は何も決めないことにした」（三八）など、人と深く関わることを避けようとするのである。

なお、「引き出しの中の男」の最後には、レヴィタンスキーが執筆した短編が数編掲載されているが、その中の一つは、片親がユダヤ人の作家を主人公とするものである。これは、レヴィタンスキー自身をモデルとしていると考えられる。その短編では、主人公の作家が出版社の編集者である友人に原稿を送るのだが、その内容が反政府的だとみなされ、原稿を処分するように諭される。その時の友人の言葉が、まさに「常識」を盾としたものである。彼は、「君は自己防衛に対する通常の感覚を持っていないようだな。さらに、ぞっとするほど恐ろしいことに、君は罪のない傍観者を自分の運命に巻き込むのも躊躇しない」（九四）と言う。自分を巻き込むなと言う友人の言葉は、レヴィタンスキーに対するハーヴィッツの気持ちを代弁するかのようである。

一方、レヴィタンスキーにはハーヴィッツの言い訳は通用しない。彼は、旧ソ連の現状が当初の理想から乖離していることを憂《うれ》い、自分の作品を出版する必要性を切実に感じながらも、言論統制ゆえにそれが叶わないため、絶望的な状況にある。そして彼は、「私は旅行者に頼んでいるのではない。人間、一人の人間に頼んでいるんだ」（六二）と、ハーヴィッツの言い訳を一蹴し、「私たちは人類の一員だ。私が溺れていたら、あなたは私を救うために手を貸さなければいけない」（七二）と、援助することが当然と主張する。

この短編ではまた、ハーヴィッツが集団の中の一員という認識を欠いていることが、アメリカの過去の行ないに対する彼の責任感の欠如という形で描かれる。自分という個人を共同体の一員とみなすということは、その集団の行為に対しても連帯責任を負うことになるのだが、ハーヴィッツにはそのような意識がない。レヴィタンスキーから「ヒロシマ！　ナガサキ！」「苦しんでいる貧しいヴェトナム人民の侵略者」（四九）と責められた時、彼は、「私がやったわけではない」（四九）と責任を否定する。ハーヴィッツはアメリカ人でありながら、実際に戦争に携わったアメリカ人と自分とを別の存在とみなしていると言える。

なお、ユダヤ教では善の実践を重視するが、トーラー（モーセ五書）によれば、それは個人だけではなく社会集団についても求められるという。「個人の倫理の範囲は、ふつう考えられているよりもはるかに広い」（Steinberg 八〇）と言われ、集団とそこに帰属する個人の関係については、「世界で何が起こっているのかを知ることができる年齢で、その状況について何か行動を起こす力を持つすべての人間は、自分が所属する国家、地域、家族、階級、組織などが犯すすべての不正行為に対し、多かれ少なかれ直接的な責任がある」（Steinberg 八〇）という。これをハーヴィッツに当てはめれば、彼はアメリカの行為に対して、たとえ過去のものであろうとも、責任があるということになるだろう。彼自身は関わりを否定するが、国家という集団の中の一個人である限り、その国家の政策の影響や束縛を受けるのである。ハーヴィッツはそのような意味で、自らのアメリカ人としてのアイデンティティが持ち得る意味を認識する必要があったと言える。

ハーヴィッツが窮地にあるレヴィタンスキーに対する責任を自覚し、彼の原稿をアメリカへ持ち出すことを決心するのは、ファイデルマン同様、夢が契機となる。その夢でもハーヴィッツはレヴィタンスキーにアメリカの原爆投下について責められ、アメリカ人としてのアイデンティティの自覚を迫られる。これを発端に、彼はアメリカという国家と個人としての作家の関係について考え始め、アメリカが未曾有の大量殺戮をアジアにおいて企てた場合を想像する。そして、怒りに燃えた自らがアメリカ非難の作品を書くのだが、当局がその出版を阻むという状況を想像する。そしてそこに自由の国から来た旅行者レヴィタンスキーが現れ、自分の国での出版を申し出る場面を思い描き、現実世界において自由の国アメリカに生きる自らがレヴィタンスキーに対して負っている責任を悟るのである。現実と逆の状況を想像することで、ハーヴィッツはレヴィタンスキーの苦境と、作家仲間および、同じ人間として、そしてより恵まれた立場にあるアメリカ人として、自らの責任を認識するに至るのである。

「最後のモヒカン族」では、ファイデルマンがユダヤ人の苦難の歴史に触れることが、彼に、自分とサスキンドがその歴史を共有する仲間であると認識させる契機になった。「引き出しの中の男」では、国家権力によって作品の発表を阻まれ、抑圧される作家の状況を想像することが、ハーヴィッツが、自分とレヴィタンスキーを同じ集団の一員として認識する助けとなった。元来、ハーヴィッツはアメリカ国家に対して、レヴィタンスキーが旧ソ連に対して感じているような切迫した危機感や不満を抱いていないと思われる。彼は、「人は自分が住む社会の本質に立ち向かわなければならない」（七〇）と言いながらも、自分自身は「思ったほどできていない」（七〇）と言う。実際、ヴェトナム戦争に反対していながら、とった行動といえば、請願書への署名と戦争に反対する議員への投票だけであった。そのようなハーヴィッツが、国家権力の横暴を想像することにより、レヴィタンスキーの苦境を共有できたのではないか。そしてこのような認識のもと、ハーヴィッツは、ジューイッシュ・コミュニティにおいて各人が互いに責任を持つのと同様に、レヴィタンスキーに対して責任を果たそうとするのである。

5　おわりに

ジューイッシュ・コミュニティに認められる共同体感覚はマラマッドにとって重要なテーマであったと思われ、多くの作品で様々な形で扱われている。「最後のモヒカン族」のように、ユダヤ人としてのアイデンティティの問題を中心に据え、共同体の一員としての主人公の意識に焦点を当てた作品としては、他に『修理屋』（*The Fixer* 一九六六）が挙げられる。そこでは、反ユダヤ主義が跋扈《ばっこ》するキエフにおいて、キリスト教徒の子供の儀式殺人という謂れなき罪で投獄された主人公ヤーコフ・ボックが、同胞のために苦難を耐え抜く姿が描かれる。また「引き出しの中の男」のように、主要登場人物がユダヤ人であるが、ジューイッシュ・コミュニティの共同体感覚がより広義に、人間としての共同体感覚の比喩として用いられている場合もある。さらに、ユダヤ人という枠を超越し、異民族であっても同じ人間としての共同体感覚を持ち、助け合う必要性を訴える作品もある。その例が『アシスタント』(*The Assistant* 一九五七)である。

この小説では、善を志向しながらも悪に手を染め、葛藤するイタリア人の主人公フランク・アルパインを、彼が強盗に入る食料品店の経営者であるユダヤ人モリス・ボーバーが、人間として正しく生きるべく教育する役割を担う。モリスの思想は次の二人の対話に端的に表れている。

「生きていれば人は苦しむ。他人よりも多く苦しむ人もいるが、そうしたくてしているわけではない。……」

「モリス、あんたは何のために苦しんでいるんだい」

「わしは君のために苦しんでいるんだ」モリスは穏やかに言った。

フランクはテーブルにナイフを置いた。……「それ、どういう意味なんだ」

「つまり、君がわしのために苦しんでいるということだ」(一一五)

モリスは、自分がユダヤ人で、フランクは非ユダヤ人であるという違いにこだわらず、自分たち二人を同じ人類という共同体に属する者とみなし、互いのために苦しんでいると言うのではないか。彼は客に対しても同じ人間として扱い、決して不正を働かない。そして、当初は苦しみの意味を解せず、ユダヤ人を特異な人間として軽蔑していたフランクが、ボーバー家のために犠牲的な生活を送る中で、苦しみに意義を見出すと共に、多くの人々が苦しみながら生きていることを悟る。この小説では、フランクがユダヤ人と自分、そして他の人々を、苦しみを共有する一つの共同体とみなしてゆく過程が描かれると言える。

また本論では、遠く離れた場所に住むとしても人間同士が持つべき共同体感覚について論じたが、『アシスタント』では対照的に、ユダヤ人が集団を形成していても、必ずしもそのような感覚が生まれるわけではないことが指摘されている。モリスと軒を連ねるカープとパールは、物質主義が蔓延《はびこ》るアメリカ社会の価値観に影響され、私利私欲に塗《まみ》れている。ジュリアス・カープは貧しいモリスを蔑み、彼の懇願を顧みず自分が所有する空き店舗に別の食料品店を入れてしまう。一方、パール家の息子ナットは法科大学院生であるが、教育を世俗的成功のための手段と考えている物質主義者で、彼がモリスの娘ヘレンと関係を結ぶのも肉欲ゆえである。彼らは同胞ユダヤ人のボーバー家を食いものにしており、ジューイッシュ・コミュニティにあるべき相互援助の精神は微塵も感じられない。

ユダヤ人同士であっても共同体の仲間として考えられない例は、短編にも見出すことができる。

二作目の短編集『白痴が先』(*Idiots First* 一九六三)所収の「ユダヤ鳥」("The Jewbird" 一九六三)では、主人公のユダヤ人冷凍食品業者ハリー・コーエンのアパートに、シュウォルツと名乗るユダヤ鳥が、反ユダヤ主義者の手から逃れ、助けを求めて飛び込んでくる。だが、アメリカ社会に同化し、ユダヤ人としてのアイデンティティを否定して生きているハリーは、ユダヤ人の象徴であるシュウォルツを助けるどころか邪魔者扱いし、追い出してしまう。また、同短編集のタイトルとなっている「白痴が先」("Idiots First" 一九六一)では、翌日までの命だと宣告された主人公メンデルが、息子アイザックをおじのもとへ送り届けるのに僅かに金が足りず、万策尽きてラビのもとを訪れる。ラビも金はなく、代わりに自分の新しいガウンをメンデルに渡すが、ラビの妻は悲鳴を上げて抗議し、メンデルからガウンを奪い返そうとするだけでなく、彼を「泥棒」とさえ呼ぶのである(一二)。

さらに『アシスタント』では、ユダヤ人というアイデンティティに固執し、偏狭な民族主義に陥れば、非ユダヤ人に対する差別を生みかねないことも描かれている。モリスの妻アイダは、フランクを非ユダヤ人であるという理由だけで追い出そうとし、ヘレンが交際するのに異議を唱える。フランクは自分たちと同じ人間だと言うヘレンに対し、アイダは、「人間というだけでは不十分よ。ユダヤ人の娘にはユダヤ人が相手でないと」(一四六)と頑として聞き入れない。

このようにマラマッドは様々な形で共同体感覚をテーマとして描いているが、いずれの場合も登場人物たちが正しく行動できるか否かは、自分と相手とを同じ共同体に属する一員と考えられるかどうかによる。そして、ジューイッシュ・コミュニティを人類共同体の比喩として捉えるならば、マラマッドが描いているのはまさに万民の生きるべき道であると言えるだろう。

引用・参考文献

Cheuse, Alan & Delbanco, Nicholas, eds. *Talking Horse: Bernard Malamud on Life and Work*. New York: Columbia UP, 1996.

Koppman, Steve & Lion. *A Treasury of American-Jewish Folklore*. Northvale: Jason Aronson Inc., 1998.

Kushner, Harold S. *To Life! A Celebration of Jewish Being and Thinking*. New York: Grand Central Publishing, 1993.

Lange, Nicholas de. *Judaism*. Second ed. Oxford: Oxford UP, 2003.

Leviant, Curt. "My Characters Are God-Haunted." *Conversations with Bernard Malamud*. Ed. Lawrence Lasher. pp. 47-53. Jackson: UP of Mississippi, 1991.

Malamud, Bernard. *The Assistant*. New York: Farrar, Straus & Giroux, 2003.

———. *The Fixer*. New York: Farrar, Straus & Giroux, 2004.

———. *Idiots First*. New York: Farrar, Straus & Giroux, 1963.

———. *The Magic Barrel*. New York: Farrar, Straus & Giroux, 1999.

———. *Rembrandt's Hat*. New York: Farrar, Straus & Giroux, 1973.

Polster, Karen L. "America and the History of the Jews in Bernard Malamud's 'Last Mohican.'" *The Magic Worlds of*

Bernard Malamud. Ed. Evelyn Avery. pp. 59-68. New York: State UP of New York, 2001.
Richman, Sidney. *Bernard Malamud*. Boston: Twayne Publishers, 1966.
Steinberg, Milton. *Basic Judaism*. San Diego: Harvest Book, 1975.

第5章 「黒衣」を引き裂く「白い」コミュニティ
――フィリップ・ロスの「狂信者イーライ」――

杉澤 伶維子

1 はじめに

第二次世界大戦終結後、自由主義国・資本主義国のリーダーとなったアメリカは、国内では科学テクノロジーの進歩により車や家電製品などが一般家庭に普及、一九五〇年代には「豊かな社会」が出現した。所得の上昇に伴い、人々は都市部を離れて郊外に移り住み、そこにコミュニティが形成された。オフィス街への通勤と郊外での日常生活を可能にする車、家族がそろって楽しむことができる娯楽としてのテレビのある一戸建ての家は「アメリカン・ドリーム」の実現を象徴するものであった。豊かさに基づいた楽観的イメージが国家的アイデンティティの形成に大きく寄与した時代であった。その一方で、反共ヒステリーに見られるように、異質なものを排除しようとする傾向が強まり、社会における順応主義が露わになった時代でもあった。

こうした戦後から一九五〇年代のアメリカ社会の動きを背景として、社会の周縁部から主流へと躍進したのがユダヤ系の人々である。ユダヤの「黄金時代」とまで言われた時期である。一九三〇年代から戦時中にアメリカにおいて高まっていた反ユダヤ主義は、戦後潮が引くように静まり、すでに学歴と経済力を蓄積していたユダヤ系の人々にとっての活躍の場が広がった。彼らは都市部の下町を脱出して郊外に移住、ワスプと共存しながら中産階級としてのコミュニティに安住の場を見つけた。

フィリップ・ロス（Philip Roth 一九三三―二〇一八）の最初の出版である『「グッバイ・コロンバス」と五つの短編』（*Goodbye, Columbus and Five Stories* 一九五九）では「信仰の擁護者」（"Defender of the Faith"）と「歌っている歌でその人を判断できない」（"You Can't Tell a Man by the Song He Sings"）を除くと、郊外で安定した生活を送っているユダヤ系の人々が描かれている。中産階級化したユダヤ系家族の俗物化した姿が批判的に描き出された「グッバイ、コロンバス」は、映画化もされた知名度の高い中編小説である。本論ではジューイッシュ・コミュニティという観点から、コミュニティそのものが重要な役割を果たしている「狂信者イーライ」（"Eli, the Fanatic"）を取り上げる。

「狂信者イーライ」では、ユダヤ系の人々にとって安住の場となった郊外のコミュニティに、突如としてドイツから移住してきたホロコースト生存者の集団が現れる。しかし、作品内ではホロコーストについての言及は極めて間接的であり、「ナチ」ということばが主人公の書いた手紙内で一度使われる以外、ホロコーストということばが使われることはない。まずもって「ホロコースト」という用語がアメリカ社会に定着したのは、テレビドラマ『ホロコースト』が放映された一九七八年以降である。ようやくにしてアメリカ社会に受け入れられて、ユダヤ系が目覚ましい活躍を始めた戦後間もない時期、彼らは民族の暗い歴史をあえて口にするのを避けていた。ユダヤの「黄金時代」と言われた時期は、ホロコーストに関して「集団的忘却」「沈黙の共謀」の時期であったと言われてきた。(1)「狂信者イーライ」は、アメリカ国内のユダヤ系の人々の同化と社会的成功の一方で、自分たちの民族がヨーロッパで経験した、未曽有の悲劇ホロコーストへの理解が充分でなかったことが背景となっている。

本論では先ず、時代背景とのかかわりにおいて、特に作品内で特定されている日付にも注意を払いながら、当時のジューイッシュ・コミュニティを代表する町ウッデントンについて論じる。その上で、二人のホロコースト生存者との接触を通して、主人公がユダヤの歴史に対する認識を新たにする過程を精査して、主人公の変容の意味を探る。さらに、戦後七十五年を経た現在の視点から「狂信者イーライ」を読むことの意義についても考えてみたい。

2　ユダヤ系アメリカ人コミュニティ〈ウッデントン〉

主人公たちが暮らすウッデントンは架空の町である。主人公イーライ・ペックがニューヨーク中心部まで往復三時間かけて通勤していることや、住民の一人がブロンクスの北にあるスカースデイルまで車で送迎して子どもを日曜学校に通わせていることなどから、それより北のホワイトプレインかウェチェスターあたりにある高級住宅街がモデルとして考えられる。(2) 町の豊かさは夜に明滅する町の通りの明かりによって示されている。

ウッデントンはかつて裕福なプロテスタントたちが住んでいた地域で、ユダヤ系がこの土地に不動産を購入することができるようになったのは戦後のことである。両者は互いに相手を刺激しないように極端な宗教的行為を避け、そのおかげもあってか良好な関係を維持してきているという。中産階級化したユダヤ系住民たちにとって、ウッデントンは「平和で安全な」(二七九)居心地のよい「ホーム」となっていた。

イーライはその平和と安全をかみしめて心の中で反芻《はんすう》する。「なんという平和。なんという信じられないほどの平和なんだろう。子供たちがベッドでこんなに安全だったことはあるだろうか」。それは彼らの「両親がブロンクスで、祖父母たちがポーランドで、そのまた祖父母たちがロシアやオーストリアで、あるいはほかのどこからどこへ逃げようとも」(二七九—八〇)、決して得ることのできない平和と安全であった。第二次世界大戦後、ユダヤの家族はアメリカにおいてやっとそれらを手にしたのである。

安全と平和と引き換えに、彼らは自分たちの宗教への敬意を失っている。たとえば、彼らは日曜日に子どもたちをバイブルクラスに通わせているが、そこで教わってくるアブラハムの「イサク燔《はん》祭《さい》」のエピソードを、信仰の話ではなく、理解を超えた恐ろしい、父の息子殺し未遂事件としてしかとらえようとしない。科学の時代に旧来の宗教は不合理で無用なものとして切り捨てられている。

宗教を排除したこの平穏な街に突如として出現したのが、ドイツから移住してきたホロコースト生存者のグループである。ユダヤ教オーソドックス派の服装をした男性二人と子ども十八人が、町の高台にある今は荒廃した邸宅を全寮制のイェシヴァー（本来ラビ養成神学校だが、アメリカでは中等へブライ語学校を指すこともある）として住みついたことから、住人たちの間に動揺が起こる。作品ではウッデントンの白さと明るさに対して、イェシヴァーは黒色と暗さによって対比されている。

居心地の良いコミュニティに異質なものが存在してはならない。異質なものが侵入してきた場合、住民は様々な手段を講じてそれらを排除しようとする。かつて、十九世紀終わりから二十世紀にかけて、東欧・ロシアから流入してきたユダヤ人新移民に対して、ドイツ系の旧ユダヤ移民が脅威と嫌悪を感じたのと同様である。今回ウッデントンの住人は、ホロコースト生存者であるドイツからの移民たちに同化する意図がないことを知ると、「やがて間もなくイェシヴァーの子どもたちが街に溢れかえる」（二五八）ことを恐れて、排除することを目論む。

ウッデントンの人びとが重要視するものは、秩序、平和、安楽、美、平穏、安全、そして何より作品中に大文字で記されている「正常性」（Normal）である。この正常性を維持するために必要なのが法律と精神分析（医学）である。弁護士であるイーライは、住人たちから依頼を受けて、イェシヴァーの立ち退きを要求するために、イェシヴァーの校長ツレフとの交渉にあたることになる。

その際の法的拠り所が、住宅専用地域を規定する地域地区規制の法律である。

一方、正常性を維持するために用いられる精神分析は、一九五〇年代アメリカの中産階級において広まっていった。社会規範から逸脱しているものを「正常」な状態に復帰させるのが精神分析の目的といっても過言ではない。一方の側だけに正当性を付与しようとする法律に違和感を抱いている弁護士イーライは、以前に二度「神経衰弱」（nervous breakdown）に陥ったことがある。今回イェシヴァー立ち退き交渉を依頼されたイーライが次第に精神のバランスを失っていく様子を見て、臨月の妻ミリアムはイーライに精神科医師エックマンの診察を受けるように強く勧める。ミリアムはどうやらフロイト信奉者である彼女の母の影響もあって、何かにつけ分析することを好む。作品の最後、人々の目から見ると完全に正常性を逸脱してしまったイーライを「治療」しようとするのは鎮静剤の注射、すなわち医学という科学である。

豊かな郊外コミュニティの存在と、法律と科学を万能と考える傾向は、確かに一九五〇年代のアメリカの特徴的な風潮で、そのため、たいていの読者はこの作品の時代背景を一九五〇年代として読んでいると思われる。しかしながら「狂信者イーライ」の場所は特定されていないものの、時間は一九四八年五月八日から約一週間の出来事であることがはっきりとわかるようになっている。ツレフが町の関係者に二回手紙を送っているのだが、それぞれ日付が記されていることから、日にちが特定される。この第一回目の手紙を機に住人たちに騒動が起きた後の約一週間が描かれている。

時代背景を一九五〇年代のように装いながら、一九四八年五月の前半に作品を設定している作者の意図に着目しているのがキャスリン・ルース・ブルームである。ブルームの計算によれば、イーライに子どもが生まれる日は、イスラエルが独立を宣言した五月十四日に一致することになる（七二）。ユダヤ人がついに祖先の地に自分たちの国（ホームランド）を獲得した日に、イーライに息子が誕生するという極めて象徴的な設定である。しかしながら、イーライ夫妻はもとよりウッデントンの住民は誰一人として、イスラエル独立という歴史的大事件に意識を向けていない。

アメリカに安全で心地よいホームを獲得したユダヤ系の人々にとって、イスラエル国家誕生はあまり意識されなかったと、ロスは暗示しているのだろうか。あるいは、主人公イーライ自身に息子が生まれたことと、イスラエル国家誕生を重ね合わせることができるのであろうか。これらの点については後ほど論議するとして、ヨーロッパからの難民である二人のユダヤ教オーソドックスの人物が、イーライにどのような影響を与えていくことになるのかを、それぞれ順を追って見ていきたい。

3　校長ツレフ

ツレフはイーライが主張するアメリカ国家の法律に動じることはなく、あたかもタルムードの問答のように（とイーライには思える）、イーライの説得をかわして切り崩していく。人間が法律を作り、法律こそがコミュニティであり、法律がなければ混沌に陥ると主張するイーライに対し、ツレフは「あなたが法律と呼ぶものを私は恥と呼びます。心、ペックさん、心こそが法なのです！　神です！」（二六六）と応じる。ツレフにとって法と呼ぶべきものはユダヤの律法であり、ユダヤの律法とはタルムードに帰結する膨大な法典である。同時に、それは良き善、真の美徳に基づいた倫理的行為を規定している「ミツヴァ（戒律）」でもある。

実はこの会話の前に、イーライはツレフから致命的なことを知らされている。イェシヴァー立ち退きの代替案として、ツレフの助手として町へ買い物に来る男性が着ているユダヤ教オーソドックスの黒服と帽子を脱ぐことを提案したイーライに対して、ツレフは黒服は助手が持っている唯一のものであると告げる。ここでも「ナチスドイツによって」という直接の言及はないが、助手は父母、妻、生後十カ月の子どもを失い、友人たちのいる村やシナゴーグを奪われ、さらには医学実験によって去勢手術まで施されていたことが明らかにされている。

しかし「「ナチスによる残虐行為の」ニュースはウッデントンに届かなかったのですか？」（二六四）というツレフの質問に対して、イーライは何も反応せず、話をスーツ購入の問題にすり替えてしまう。自分が着ているスーツの内ポケットに収まっている札入れを服の上から叩いて「ここ？」と尋ねるイーライに対し、ツレフは「その通り！」と言って同じく胸を叩く。だが、ツレフが意味しているのが「上着のすぐ下にあるもの［札入れ］でなく、肋骨の下のもっと深いところにあるもの」（二六五）だとイーライはすぐには理解できない。

ツレフは「英語には〈苦しむ〉ということばがありますね？」とイーライをユダヤの精神に誘導

しようとする。バーナード・マラマッド（Bernard Malamud 一九一四―一九八六）の『アシスタント』（*The Assistant* 一九五七）において、ユダヤ人の老店主モリス・ボーバーは「わしはあんたのために苦しむ。（略）つまりあんたはわしのために苦しむのだよ。（略）もしユダヤ人が律法を忘れたなら、（略）その人は良きユダヤ人でも善人でもなくなる」（一一五）と、苦しみを共有すること、律法を順守することがユダヤの精神において重要であることを、非ユダヤの若者に諭す場面がある。モリスとツレフはともに「法」を心ととらえ、苦しみを共有すべきものと考えている。

この第二回目の対話を通してイーライに変化が起きている。最初、イーライはツレフに対して「私は彼らで、彼らは私です」と主張、あくまでも自分がコミュニティの代表として交渉にあたっていることを強調する。ツレフが「あなたは私たちで、私たちはあなたです」（二六五）と反論すると、イーライは頭を横に振っていた。だが話し合いの最後、彼が書いた手紙に対して、「それは私ではありません、ツレフさん、彼らなんです」（二六七）と、町の人々と自分との間に一線を引く。イーライがコミュニティからの乖離を意識し始めたときである。

4 「新参者」助手

丘の上のイェシヴァーの存在以上に町の人々を苛立たせるのは、ユダヤ教オーソドックスの黒づくめの装束で町の中を歩く助手の存在である。人々は彼のことを「新参者」（greenhorn または

greenie）あるいは「帽子を被った男」とだけ呼ぶ。十九世紀末から二十世紀初頭、アメリカに上陸して間がないユダヤ人たちは、先に移民していたユダヤ人から「新参者」と呼ばれたが、彼らにとってそう呼ばれることは恥であった。

作品中、助手の名前は最後まで明らかにされず、「彼」とだけ言及されている。戦後の繁栄期にアメリカに住むユダヤ系の人々にとって、ホロコーストで滅びていった六〇〇万人の同胞たちの名前が存在しなかったのと同様に、ホロコーストを生き延びたもののすべてを失ってアメリカに辿り着いたこの一人の男性に、作品内で名前が与えられることはない。

助手に名前が与えられていないのと対照的に、町の人々はそれぞれ名前を有している。イーライの妻ミリアムは当然のこととして、コミュニティを代表する声となっているテッド・ヘラー、その娘ミシェルとデビー、アーチー&リンダ・バーグ、ハリー・ショー、ジミー&ハリエット・クヌドゥスン、床屋のエリックなどといった具合に。また商店などにも固有名詞が与えられている。だが、それぞれに個別のアイデンティティがあるかというと、むしろ彼らはコミュニティの主張を一方的に訴える合唱隊のような役割をしているに過ぎない。その合唱隊の声が大きくなって、しだいに主人公を追い込んでいくのである。

名前が与えられていないという以外に、助手に関して注意すべきもう一つの点は、彼のことばを誰も聞くことがないということである。イーライを始めとする町の人々と助手との間には、言語によるコミュニケーションが成立していない。二度の買い物はツレフが書いたメモによって行なわれている。ホロコーストによって現在着ているの黒服以外すべてを失ったというが、彼は声とことばも失ったのであろうか。

イーライは助手と四回接触しているが、そのつど、かかわり方が深まっていく。一回目は眠っている姿を見ただけである。ツレフと会うために最初にイェシヴァーを訪問した帰り、「黒さの深い穴」のように見えたのは「丸く盛り上がり幅広のつばのついたタルムード帽」(二五三)を被って眠る、イーライと同年代と思われる助手の姿であった。

二度目に助手を見るのは、イーライがイェシヴァーの玄関の階段に彼のスーツを二着入れた箱を置いて帰ろうとしたときである。助手が拳で自分の胸を叩いている姿を目撃したイーライは、叩く音とともに呻き声を聞く。イーライ自身も同じく呻き声を出してみることで、彼の内部に痛みが起きる。この時点で何らかの痛みを共有したものの、イーライは完全に助手の世界に取り込まれることは拒否している。というのは「奇妙な帽子を被った生き物」(二八一)である助手が広げた腕を、イーライは逃れようとしたからである。

三度目は、イーライが届けた緑色のスーツと茶色の帽子を被った助手が住宅街を歩いているのを目撃したときである。スーツ姿にはかなり違和感があったが、町の人間であるかのように見えた。しかも、助手は慣れない帽子に手をやり、イーライに挨拶の態度を示したのである。そして帽子に触れた手で顔に触れる様子は、顔はこのままでよいのか、と問いかけているかのようである。助手は衣装を変えることによって、アメリカに同化するための変容の端緒についたと考えられる。

出自に対する意識の希薄なユダヤ系アメリカ人主人公が、ユダヤ難民にスーツを譲渡するという行為は、これもまたマラマッドの作品を思い起こさせるものである。「最後のモヒカン族」（"Last Mohican" 一九五八）では、主人公がローマでイスラエルからのユダヤ難民にスーツを譲ってほしいとつきまとわれる。合理的にそのようなことをする理由がないという主人公に対して、難民は「あんたには責任があるのだよ。なぜかって、あんたは人間だから、そしてあんたはユダヤ人だろう?」（二二二）と主張する。主人公は拒否し続けるが、最終的にある啓示を得て難民にスーツを与える。

先ほど述べた苦しみの共有と同様、スーツの譲渡に関しても、ロスがマラマッドの作品からヒントを得ていると考えることは誤りではなかろう。しかしマラマッドがあくまで人間として、ユダヤ人としての道徳的責任の問題として扱っているのに対し、ロスは、二者関係において社会的・経済的優位に立つ者の背後にある集団の無知と無理解、そしてその集団による排除を際立たせることが目的である。したがってロスの作品では、主人公が個人的に難民にスーツを与えることで問題解決とはならない。

イーライが完全な変容を遂げるには第四の出会いが必要である。その翌日、イーライの家の玄関前に、助手が着ていたあの黒い服が入った箱が置かれていたのである。箱を開けると「黒色の匂いがした」（二八五）。中身を順に調べてゆくと、その中に「セラーペ」（ラテンアメリカの人が用いるポンチョのような肩掛け）に似た房のついたグレーの布地がある。男性ユダヤ教徒が上衣の下に身に着ける「タリス・カタン」であるが、その宗教的意味がわからない彼には、暖をとるための「特別な下着」(二八六)としか考えられなかった。さらに、箱の中身を調べていくうちに、彼の靴下がGIからの施しものであることを知ったとき、イーライは、助手が一九三八年から一九四五年の間にすべてを失ったばかりでなく、靴下のために自尊心まで捨てなくてはならなかったことに気づく。箱の中身を一式身に着けたイーライは、家の外に出ると人々に「シャローム」とヘブライ語(イディッシュ語では「ショレム」)で挨拶をしながら街中を歩き出す。

その日の正午頃、イェシヴァーまでやって来た黒衣のイーライは、建物の柱に白いペンキを塗っている助手に出会う。緑色のスーツを着た助手を見たときイーライは「自分が二人の人間であるかのような奇妙な感覚を得た。あるいは自分が二着のスーツを着た一人の人間であるかのような感覚だった」(二八九)。明らかにイーライと助手はダブルあるいはドッペルゲンガーの関係を構成する。ちょうど「最後のモヒカン族」における主人公とユダヤ難民のように。しかしながら、助手がその場を逃れようとしたためイーライともみあいになり、その拍子に白ペンキが二人の上にかかってしまう。

助手が古い邸宅の柱をペンキで白く塗ろうとしていた行為、これはアメリカ化、さらには白人文化へ同化しようとする行為の象徴と考えられる。アメリカ文化を表すスーツを身に着けた助手は、早速その住居をアメリカ的なものに変えようとしたのであろう。そのペンキが二人の服に飛び散ってしまったのは、アメリカ化の滑稽で惨めな失敗を暗示している。

イーライは、自分が彼から譲り受けた「特別な下着」を身に着けていることを示すために、シャツの下からタリス・カタンのひだ飾りを引っ張り出して見せる。そしてイーライは助手に何か「英語」を喋ってほしい、あるいは彼のために自分にできることがあれば教えてほしいと頼むのだが、最後まで助手がことばを発することはない。ホロコーストの経験は通常の思考や想像をはるかに超えるものであるため、外部者には言語による伝達が不可能であることを、助手の沈黙が語っている。また、イーライの態度は、英語を話すことを移民に要求する従来からのアメリカの同化政策をも表している。

ついに助手は黙ってウッデントンの町の方角を指し示す。最初イーライは意味が分からず、助手が街から何かを持ってきてほしいと頼んでいるのかと誤解するのだが、啓示のようにその意味を理解する。言語を介しないコミュニケーションが成立したのである。助手はウッデントンを指して何を言おうとしたのであろうか。そしてイーライはその意図を理解して何を行なったのであろうか。

5　狂信者イーライ

ちょうどその日の午後一時を過ぎて息子が誕生したという叙述が十ページ前にあるので、助手がウッデントンを指し示した先に息子の誕生を予見していると解釈できなくもない。だが、実際にイーライが妻や生まれているはずの子どものことを思い出すのは、助手と別れた後、町の中をかなり往来した後である。彼は町の中心にある通りを単に歩くだけではなく、十歩歩いて通りを横断し、今度は反対側を十歩歩いて横断して元の側へ戻る、といったことを繰り返すことで、ユダヤ教オーソドックスの黒装束で歩く姿を町の人々に見せつける。

人々は一様にイーライが発狂したと考えるが、彼は自分が正常であると自覚している。「彼は自分がしていることが狂気ではないとわかっていた、もっともその奇妙さについてはすべて承知していたが。彼はまるで黒い衣装が自分の皮膚であるかのように感じた」（二九三）。黒い皮膚であることを感じ取ることは、すなわち歴史と伝統を背負った「ユダヤ人」であることを身体的に受容することである。一瞬の躊躇はあったが、彼は生まれたばかりの子どもに会うため、黒衣のまま病院に向かうことを決断する。

町の代表として正統派ユダヤ教徒との交渉にあたっていたイーライが、最終的に現代ユダヤ系アメリカ人のコミュニティを離れて、「ユダヤ人」へと変貌していったことは、イーライという名前そのものに暗示されている。バーナード・ロジャーズが指摘するように（三〇）、イーライ（Eli）はヘブライの預言者エリヤ（Elijah）である。古代イスラエルの人々が異教の神バアルのもとに走って自分たちの神を離れてしまっていた時代に、エリヤはアハブ王に「わたしの仕えているイスラエルの神、主は生きておられる」（列王記上一七章一節）と言って、イスラエルの人々と対決した。作品でイーライは、物質主義・拝金主義・科学万能主義・法律万能主義に陥り、自分たちの同胞に起こった悲劇から目を背ける人々へ警鐘を鳴らす、現代アメリカ版預言者「エリヤ」にならんとする。

病院では出産を終えたばかりのミリアムが黒衣のイーライの「発狂」を嘆き、隣人のテッドは、子どもとの面会に向かおうとするイーライに対する医学的治療を求めて駆け出していく。ひょっとすると「イサク燔祭」が彼の頭をよぎったのかもしれない。新生児室にいる誕生したばかりの息子を前に、三人称の描出話法でイーライの気持ちが続く。

エックマン［医師］だってこの衣装を脱がすことはできないぞ。だめだ！　自分で選んだのならこれを着るんだ！　自分の子どもにこれを着せよう。もちろんだとも！　その時が来たら仕立て直そう。匂いのするおさがりを、たとえこの子が気に入っても気に入らなくても！（二九七）

イーライは彼が身に着けている黒の衣装を息子に譲ることを考えるが、これは列王記下二章において、エリヤが天に昇る際、弟子のエリシャに外套を残していったことに相当する（Rodgers 三〇―三一、Bloom 七二―七三）。エリシャはその外套によってヨルダン川の水を打ち左右に分けたが、作品では、テッドに呼ばれて駆けつけた医師のインターンたちが注射を打つ際、イーライが身に着けていた衣服は容易く引き裂かれてしまう。結局、黒い匂いのするユダヤ教徒の服装がイーライの子どもに継承されることはない。

もしイーライの子どもの誕生が新生イスラエル国家誕生を象徴しているとするならば、新生イスラエルにはユダヤの伝統もホロコーストの苦難も伝わらないということを暗示していることになる。が、この作品を通してロスが憂慮しているのはイスラエル国家自体の将来ではなく、ユダヤの伝統に加えて、ホロコーストという（そしておそらくはイスラエル国家誕生をも含めた）ユダヤ民族の歴史的大事件に対する、ユダヤ系アメリカ人の無関心あるいは意図的無視なのである。

ホロコースト生存者であり敬虔なユダヤ教徒でもある人物に対して、誠意ある対応によって「エリヤ」になろうとしたイーライは、アメリカ郊外のジューイッシュ・コミュニティにおいて、その「黒衣」のゆえに「狂信者」とみなされ、精神科医療の治療の対象となる。「正常」に引き戻すために「白衣」を着たインターンによって強制的に精神安定剤が注射される。アメリカの物質主義・拝金主義・科学万能主義・法律万能主義というバアル信仰に染まったジューイッシュ・コミュニティでは、たとえエリヤが「心」と「律法」を取り戻すために闘っても、コミュニティによって抑え込まれてしまう。

最後「薬は彼の魂を鎮めたが、黒さが到達したところまでは届かなかった」（二九八）と結ばれている。物質主義・科学万能主義・法律万能主義を掲げる白く明るいコミュニティにおいて、コミュニティの規範に順応しない「狂人」に対しては黒衣を脱がせて表面を「治療」することができるが、近代の経済・科学・法律が届かない、民族固有の伝統の核心部分が「ユダヤ人」の深部に根づいていることを示す結末と言えるであろう。

6　結びにかえて――「黒衣」の意味

「狂信者イーライ」が書かれてから六十年余りが経過した現在、ホロコーストに対するアメリカ社会の認識は大きく変化した。ホロコーストという史実そのものへの研究はもちろんのこと、生存者の抱えるトラウマ研究、言語化による表象の問題、記憶と継承への国家的取り組みなどが行なわれ、「ホロコーストのアメリカ化」などと皮肉交じりに言われるほどに、アメリカ人全体の意識に浸透していった。そして何より、ホロコーストがユダヤ系アメリカ人の民族的アイデンティティの中心的拠り所ともなった。すなわち、ホロコーストは抑圧され隠蔽されるべき「黒い」存在ではなく、歴史のスポットライトの当たった――誤解を恐れずに言えば――「白く、明るい」事象となったのである。

それはちょうど、白人を中心として周縁部に有色人種という、従来のアメリカの人種配置図を象徴する明暗・白黒コントラストにおいて、従来有色人種とみなされていたユダヤ人が、戦後アメリカ社会において「白人」の範疇に繰り入れられていった経緯に一致する。

その一方で、アメリカ社会は次々と新たな異質な存在と直面することになった。流動する国際情勢は絶えず新たな移民・難民を生み出し、アメリカは合法・非合法の形で入国してくる人々と対峙しなくてはならなかった。また、以前は声を持たなかった国内の抑圧された集団が、声を上げて自分たちの権利と尊厳を主張するようになった。さらに、二十一世紀初頭に起きた同時多発テロは、それまで不可視の存在であった宗教的マイノリティの存在をクローズアップすることにもなった。

アメリカは常に新たに現れる「黒衣」の集団と対峙して、白く明るい（と信じる）自分たちのコミュニティに同化させるために「黒衣」の集団の無色脱色化を行なってきた。「黒衣」をそのまま受け入れるのか、それともそれを引き裂いてでも脱がせるのか、近年多文化社会アメリカはそのはざまで揺れ動いている。戦後間もない時期、ジューイッシュ・コミュニティが率先して同胞の「黒衣」を脱がそうとしたのは、アメリカという国がその建国から現在に至るまで行なってきた行為の反復の一つに過ぎない。現在私たちが「狂信者イーライ」を読むとき、ある時期における特定の民族のコミュニティを超えて、アメリカが自分たちとは異質な存在に対して強制してきた、同化と排除の歴史の一例として読むことができるのではないだろうか。

註

（1）近年 Diner や Kranson などの研究により、戦後から約二十年間、ホロコーストやユダヤの伝統を記憶・継承しようという努力が、シナゴーグやその付属学校を通して行なわれていたことが明らかにされている。ウッデントンの住人の子どもたちが日曜日にバイブルクラスに通っているのもその例である。

（2）今村 二〇一二、Bloom 七六を参照。

引用・参照文献

Bloom, Ruth Kathryn. “The Secret Hasid: Reading Roth’s ‘Eli, the Fanatic’ as a Kabbalistic Text.” *Philip Roth Studies* 11.2 (Fall 2015) : 67-76.

Diner, Hasia R. *We Remember with Reverence and Love: American Jews and the Myth of Silence After the Holocaust, 1945-1962*. New York: New York UP, 2009.

Kranson, Rachel. *Ambivalent Embrace: Jewish Upward Mobility in Postwar America*. Chapel Hill: U of North Carolina P. 2017.

Malamud, Bernard. *The Assistant*. New York: Farrar, 1957.

———. “Last Mohican.” *Pictures of Fidelman: An Exhibition*. 1958. New York: Vintage, 2002. 11-39.

Rogers, Bernard. F. Jr. *Philip Roth*. Boston: Twayne, 1978.

Roth, Philip. “Eli, the Fanatic.” *Goodbye, Columbus and Five Stories*. 1959. New York: Vintage, 1993. 247-98.

今村楯夫「境界の奇妙な戦い——フィリップ・ロス「狂信者イーライ」」日本マラマッド協会編『ユダヤ系アメリカ短編の時空』北星堂、一九九七年、二〇七―一七頁。

『聖書』新共同訳、日本聖書協会、一九九五年。

第6章　鉄の箱より生まれたコミュニティ

――ヘレン・エプスタインの『ホロコーストの子供たち』――

佐川 和茂

1　はじめに

人は、自らの意志でなく、この世に誕生し、そして去ってゆくが、現世に存在する限り、独りでは生きられない。ことに複雑化する現代において、人の要求も多様化し、人は自分の生を営むために、いかに多くを他者の労力に負っていることか。協調と相互援助が、現代生活の基盤であろう。そこで、各人は自己にふさわしい組織に所属し、適切な仕事に従事することによって、自らの強みや生産性を発揮できるのである。その組織をコミュニティと呼ぶこともできよう。

人は、根本的に、似た者同士で集まることを好むのであり、それが血縁、思想、宗教など、何らかの共通項を持つコミュニティへと発展するのだ。

ユダヤ人の場合でも、彼らのコミュニティとは、宗教、記憶、伝統などを含めた共通項によるものである。彼らにとって、長い差別と迫害の歴史を生き抜くためにも、相互援助を基盤としたコミュニティの存在が不可欠であったのだ。

そこで本稿では、ホロコースト生存者の子供たちが構築を目指す、ユダヤ人コミュニティを眺めてゆきたい。それは、二十世紀の恐るべき悲劇のトラウマが生み出したものである。

2 「鉄の箱」

ホロコースト生存者の娘であるヘレン・エプスタイン（Helen Epstein 一九四七―）は、闇から浮上してきた悟りを述べている。「ホロコーストのトラウマは、親子関係の著しい乱れを通して、生存者の子や孫の世代にまで及ぶのである」（『ホロコーストの子供たち』*Children of the Holocaust* 三二八）と。大きな悲劇が終わったところで、その影響が止むわけではないのだ。それは『黒い雨』『蝉時雨』『ヒロシマ』（*Hiroshima*）などに表される原爆の被害と同様、子孫にまで長く残ってゆくものなのである。

その恐るべき状況は、エプスタインも述べているように、ホロコースト生存者の家庭がどのようなものか、を想像することによって頷けよう。そこでは、ホロコースト生存者の両親が醸し出す、よその家庭には見られないホロコーストの影が漂っており、それは同じ屋根の下で暮らす子供たちに甚大な影響を及ぼしてゆくのである。

死の淵を渡った生存者同士が結婚する場合が多いが、年齢差の大きいエプスタインの両親も、ホロコーストでそれぞれの家族や親族や故郷を失い、難民として渡米した折には、まず親戚の住居の間借り人となり、やがて小さなアパートへと移っていったのである。

エプスタインの父は、チェコスロヴァキアで水球選手としてオリンピックに二回出場した名士であり、米国では水球を指導することを望んでいた。しかし、実際は搾取工場などを転々とせざるを得ず、社会的な地位が下落したうえ、英語を満足に話せず、不衛生な職場で鬱積した激怒が、夕食時に決まって爆発した。団欒のない夕食が繰り返される中で、強制収容所を生き延びた父は、狼のように食事をむさぼったのである。

いっぽう、母は「黄金の腕を持つ」洋裁師であり、旧世界では三十人もの従業員や国際的な顧客を持つ洋裁店を経営していたが、渡米後の不安定な生活において、強い鬱状態に陥り、子供たちを道連れに自殺を図ろうとさえしたのである。

同じ屋根の下で暮らす子供たちが両親から受け継いでゆく影響は、いかに大きいものであろうか。ことに、ホロコースト生存者の子供たちの場合は、この世の地獄を経た両親の不可解な言動や、収容所で彫られた番号や、歪んだ爪などから、自らは体験したことのない恐るべき歴史の断面を読み取ってゆくのである。

それは強烈な影響を及ぼすものであり、ホロコーストの子供たちは、両親から感じ取った恐るべき記憶の断片を、内面の「鉄の箱」に封じ込めてゆく。「鉄の箱」とは、比喩であるが、それは、頑丈な箱でなければ抑圧できないほど強烈な心理状態なのである。

実際、「鉄の箱」の中身は未消化の状態で増えてゆき、その真偽ですら、判別できなくなってしまう。また、それは日常生活において、ホロコーストの恐るべき幻想を引き起こす。たとえば、地下鉄が家畜用貨車に変わり、警官が親衛隊員になり、音楽会場が収容所へと変貌してゆく。授業中や乗り物や家の中でさえホロコーストの幻想がつきまとう。そこで自分の正気さえ疑われてくるのである。

このように絶えざる不安と葛藤を掻き立てる心理より自己を解放するためには、独りでは到底無理であり、同様の苦しみを抱えた他のホロコーストの子供たちを、アメリカ、カナダ、イスラエルなど、世界中から探し出し、ともに共通の問題に取り組んでゆかねばならない。

エプスタインは、コロンビア大学でジャーナリズムを専攻し、さらにイスラエルのヘブライ大学で学んでいるが、英語、ヘブライ語、ドイツ語、チェコ語などに堪能な彼女は、諸国にわたって、同様に「鉄の箱」を抱えたホロコーストの子供たちを探し出し、語り合いを求めてゆくのである。二十代の若き日にこうした探究を開始したエプスタインの果敢な行動力には、脱帽せざるを得ない。

3　ホロコーストの子供たちの特質

前述したように、ホロコーストを体験した両親とその子供たちが同じ屋根の下で暮らすのであるから、そこには、一般家庭と比べて、当然、親子関係に著しい歪みが生じているに違いない。それにもかかわらず、教育者・ジャーナリストとして活躍するエプスタインを含めて、ホロコーストの子供たちは、しばしば優秀な人間へと成長している。それはなぜであろうか。

まず、両親は、戦争やホロコーストによって自分たちが奪われた人生を、子供たちが代わって取り戻してくれるよう切望している。その気持ちが子供たちに痛いほど伝わるのだ。両親のその強い気持ちに耐えられず、残念ながら、非行や自殺に走った場合もあるが、苦難を経てきた両親にさらなる苦しみを味あわせたくない、と願うエプスタインのように、両親の気持ちと一体化し、切磋琢磨した結果、優れた人間へと成長してゆくのである。

家庭には、ホロコーストの影が漂い、必ずしも健全な雰囲気とは言えないが、それでも、子供たちは大悲劇を生き延び、必死に新生活を築こうと苦闘する両親の姿を見て育っている。両親は、不遇の中で、最大限の努力を払っているのである。彼らは、訛りの強い英語を話すが、さらにいくつかの言語にも習熟しており、戦前は、それなりに社会的な地位を築いていたのである。その姿が、子供たちを奮闘へと駆り立てるのだ。

また、子供たちは思う。亡くなった家族や親族の死を無駄にしてはならない。そのためにも、人生で最善を尽くし、過去を修復しなければならない、と。たとえば、ホロコーストの犠牲となった叔母のヘレナにちなんで名づけられたヘレン・エプスタインの場合も含めて、亡くなった親族の名前を受け継ぐ東欧ユダヤ人の伝統によって、死者との結びつきを意識し、家系という鎖を重視し、死者に代わって懸命に生を営む気持ちが強まるのである。亡くなった人々が、自分を見守ってくれているのだ。人生は自分だけのものではないのだ。人生の物事には、重層的な意味が含まれているのだ。そこで、記憶や伝統や歴史が、自分を後押ししてくれよう。こうした連帯意識や責任感が、子供たちの言動を豊かなものにしてゆく。

死の淵からよみがえった両親は、ヴィクトール・フランクルのように、「再び人間として生きることを学ばなければならなかった」（『夜と霧』*Man's Search for Meaning* 一四二）であろうが、ホロコースト以後の人生は、濃密なものであっただろう。たとえば、エプスタインの母は、収容所で怪我をし、多くの専門医の治療を受けても治らない痛みを抱えているが、それでも「五つの仕事をまとめてこなしてしまう」（『ホロコーストの子供たち』六四）というやりくり上手になっている。それは、厳しい生活がなせる業であろうが、一つのことをやりながら、常にほかのことにも気を配る神経のまわり方は、躰で覚えてゆくものであり、それは生き方全般に及んでゆくものであろう。それが、子供たちに影響を及ぼさないでいるだろうか。

さらに、ホロコーストの子供たちは意識している。大悲劇の折に、助けを差し伸べてくれた人は、ごくわずかであり、大多数の人々は無関心であった、と。したがって、彼らは、用心深く、危機意識が強く、危機管理を怠らない。差別や不正や不平等に対して人一倍敏感である。それだけに、ソ連のユダヤ人やアメリカの黒人やヴェトナム人など、不遇な人々を援助したい、という気持ちが強い。

そこで、歴史家のハワード・サチャーは指摘している。「ホロコーストの知識を抱いて成長した若いユダヤ系アメリカ人たちは、自分たちの国がヴェトナムでヒトラーのごとく振る舞っていることに愕然とする。彼らにとってホロコーストが新たな意味を帯び始め、彼らは戦争を生む社会体制を批判する行動に走るのである」(『アメリカのユダヤ人の歴史』*A History of the Jews in America* 八〇五)と。ホロコーストの子供たちにとって、人生での優先事項は、ホロコースト以後の世界を修復することであり、それは、ヒトラーに対する勝利につながってゆくものだ。彼らは、ホロコーストの再発を防ぐために、人々の覚醒を図り、抵抗運動に走るのである。

彼らは、生きていることさえ当然視しない。生きていることのありがたみを人一倍痛感し、人生を浪費せず、日々を懸命に生きる。

ホロコーストの子供たちは、谷底へ突き落とされ、そこから這い上がってゆくような日々を送りながら、鉄の箱を抱え、コミュニティを求めてゆくのである。

4　コミュニティの構築

ユダヤ系アメリカ作家であり、ラビでもあるハイム・ポトクの『選ばれし者』（*The Chosen*）は述べている。「自分が属する民族の歴史を学び、自己を知ることは重要である」（一四七）と。

エプスタインにとっても、ホロコースト生存者やその子孫を歴史に位置づけ、その中で自己を把握してこそ、コミュニティの構築に向かえるのであろう。彼女は、東欧諸国のユダヤ家族の記録や、収容所での存続の苦闘や、解放後の難民生活や、渡米後の手記を読む。また、黒人奴隷や原爆の犠牲者にも目を向けている。そして、世界に散らばったホロコーストの子供たちと対話を重ねてゆく。こうした蓄積を、コミュニティ探求の前提とするのである。

「鉄の箱」を抱えて孤立していたホロコーストの子供たちは、やがて三十代に入り、精神分析医、芸術家、大学教授などの専門職に就き、家庭を築き、それぞれの立場から声を上げ、仲間を求めてゆくのである。たとえば、エプスタインの活動に加え、精神分析医であるエヴァ・フォーゲルマンは、ホロコースト難民を救助してくれた人々の記録である『良心と勇気』（*Conscience and Courage*）を発表し、スティーヴ・リップマンは、ヒトラーの犠牲者が心の武器として用いたユーモアを長年かけて収集し『地獄での笑い』（*Laughter in Hell*）をまとめているのである。

ホロコーストの子供たちが、それぞれ孤立した存在から抜け出し、他者との交わりを深め、彼らの両親や父祖との結びつきを強め、未来へと輪をつなげてゆけるのであれば、素晴らしいことである。こうした過去と未来の関連は、人に安定や発展をもたらす要素であり、この過程で、エプスタインの執筆活動も大いに貢献したのである。

それまで公に発言する機会も無く、世界の片隅でひっそり暮らす見えない存在であったホロコーストの子供たちが、アメリカ、カナダ、イスラエルなど、いろいろな場所で集まり、互いの境遇を共有し、意見を発表し、彼らの存在を見える形へと変えていったのだ。孤立して苦しんでいたホロコーストの子供たちが、一九七〇年代より意見を発表し始め、仲間集団を結成し始めたのである。彼らの多くが三十代になり、精神分析医や弁護士や大学教授など、専門職を持つ立場に至ったことも、有利に働いたことだろう。いっぽう、集会、テレビ、新聞などを通して、彼らに対する一般社会の関心も高まり、彼らに関する研究企画も芽生えてゆく。このような集積状況は、ホロコースト生存者・作家であるエリ・ヴィーゼル（Eli Wiesel 一九二八―二〇一六）に続く世代を形成してゆく動きであった。

家族や民族の歴史を学び、その流れに自分たちを位置づけるホロコーストの子供たちのコミュニティは、多言語・多文化の組織である。それは知的刺激に溢れ、多様性に対して寛大な共同体であることだろう。

たとえ背景や職種が非常に異なる人々でさえも、共通の記憶や意識を持つことによって、共同体を築くことが可能になるのである。ホロコーストの子供たちには、共通の心理状態がある。彼らは、それぞれの分野で専門職に就き、今や社会に向けて自分たちの存在を訴え始めたのだ。

それは「鉄の箱」という共通問題を抱えて生きるホロコーストの子供たちの共同体である。そこでは心理が似た者同士が集うという居心地の良さがあるだろう。また、共通問題に対処してゆこうとする相互援助があるだろう。そして、仕事の面においても、いろいろな助け合いが発展してゆくだろう。

人は、矛盾に直面した時、それに対して受け身のままではいられない。その矛盾を解決すべく、活動するのである。それが人の進歩の源泉であろう。ホロコーストの子供たちの場合、彼らが内面に抱える矛盾とは、強烈なものである。そこで、それを解決しようとする際、その活動も強烈なものでなければならない。前述したように、彼らがしばしば優秀であるのは、大きな課題を解決しようとする熱情が、生み出した成果でもあろう。

優れた人々が集まり、見えない、声が聞こえない存在から抜け出し、コミュニティを構築し、歴史の流れに積極的に参加してゆくのだ。

5　コミュニティの拡大

ここで『ホロコーストの子供たち』を始めとしたエプスタインの著作を振り返るならば、その鍵語は、コミュニティの探求へと集約されるものではないか。

たとえば『ティナ・パッカーとその仲間たち』（*The Companies She Keeps: Tina Packer Builds a Theater*）

を眺めてみよう。英国の女優・監督であるティナ・パッカーは、シェイクスピア劇を演じる国際的で多民族的な演劇集団を形成するために尽力した。費用の捻出を含めて困難を伴う演劇活動を継続するために、献身的な俳優たちと周囲のコミュニティの援助が不可欠なのである。

ティナ・パッカーは、王立シェイクスピア劇団などで俳優修業を積んだ後、三十四歳で渡米した。ボストンで国際的なシェイクスピア劇団を結成し、米国俳優たちが英国流の演劇訓練を受けられるよう望んだのである。彼女は、国際的に著名な発声法の専門家に指導を求め、さらにフォード財団より援助を勝ち取ってゆく。エプスタインが無から始めてホロコーストの子供たちの組織を作っていったように、パッカーはあらゆる障害を乗り越え、シェイクスピア劇団をボストンに創設しようと努めたのである。その結果、それより十二年後、彼女は、協力者たちとともに、二つのシェイクスピア劇団を監督する立場に至るのである。その活力には目を見張るものがあるが、エプスタインが惹かれるのもこの点であろう。

パッカーの劇団は、国家や人種を超えて芸術に邁進する集団へと成長してゆく。その存在や活動は、ホロコーストへの抵抗となり、文明を擁護するものではないか。一九八〇年夏には多くの新聞でその活動が評価され、一九八二年にはジョー・パップ監督の世話でニューヨーク公演も可能となる。その後、パッカーは、援助金を求めて飛び回り、三つのシェイクスピア劇を野外で、ボストンで、さらに十六の州で上演してゆくのである。

国際的な芸術集団を築こうとしたパッカーの奮闘は、ホロコーストの子供たちの共同体を求めたエプスタインの活動と、響き合っていたことであろう。

次に、エプスタインのコミュニティ探求とシェイクスピア劇団に関する内容は『ジョー・パップのアメリカ人生』(*Joe Papp: An American Life*) へと発展してゆく。エプスタインは、十五年以上にわたってパップに注目し続け、最終的に五〇〇頁を超える彼の伝記をまとめたが、これは、人間的な大きさや行動力において、二人に響き合うものがあったためではないか。

ユダヤ移民の息子であり、貧しい境遇より叩き上げたパップは、一九九一年、癌で七十歳の生涯を終えるまで、三十五年にわたる無料シェイクスピア劇や、社会問題を主題とした『ヘアー』『コーラス・ライン』『杖と骨』など、多数の現代劇を演出した。彼は、最高の芸術を最大の観客に提供しようとする趣旨に基づき、アメリカ精神を高揚し、アメリカ生活の質を高めることに貢献したのである。

パップは、生い立ちの影響によって、部外者の精神を生涯抱き続けたと言われるが、自らと同様に底辺から這い上がろうとする人の潜在能力を重視し、創造的な人々に自己表現の機会を設け、さらに大勢の人々に芸術的感性を養成し、芸術活動を増すきっかけを与えたのである。この点は、エプスタインが求めたホロコーストの子供たちのコミュニティと響き合うものであろう。

彼は、目的を達成するために、生涯にわたってマスメディアを最大に活用したが、幸いにも、同様に移民家庭から出て社会の階段を上がってきた『タイム』の編集者や演劇担当者が、パップに注目し援助してくれたのである。

一九七〇年代半ば、一般より二十年も早く、劇場において早々と人種の壁を超えた多文化主義を打ち出し、主流に参加していない黒人、ヒスパニック、アジア系を含めた人々を芸の質によって採用し、彼らと社会との結びつきを形成したのである。

多くの親族をホロコーストで失った彼の多文化主義は、一元主義を目指したヒトラーへの抵抗であったことだろう。民衆に与える演劇の好影響を重視していたことも、大悲劇以後における文明擁護の表れである。これは、エプスタインたちの課題と結びつくものではないか。

さらにエプスタインは『母の歴史を辿って』(*Where She Came From*)において、チェコスロヴァキアのユダヤ人三世代の家族が、次第に包囲され収容所に至った過程を掘り起こしている。『ホロコーストの子供たち』では父の死後、残された母と子供たちが家庭を維持してゆくが、今度は、洋裁師として長く奮闘してきた母が他界し、そこから母の故郷を辿るエプスタインの旅が展開されるのである。

ホロコーストによって「我が家の系図が、株の所まで燃やされてしまった」(『ホロコーストの子供たち』一二)と嘆き、旧世界を懐かしむ母の回想を耳にしながら成長したエプスタインは、母の思い出を中心として家系図を辿りながら、自らのアイデンティティを考えていたに違いない。

母は、収容所で、自らを洋裁師ではなく希少価値の高い電気技師であると偽り、実際、電気技師として働きながらその技術を磨いて、生き延びたのである。母はこうした機知に富んだ体験を経て、いかなることにも決して気を抜くことのない人へと変貌した。「五つの仕事をまとめてこなしてしまう」態度を貫き、戦後を強烈に生き抜いたのである。六十九年の人生で五十四年間を「芸術的な洋裁師」として捧げたが、それは「過去を縫い合わせる試み」であったのかもしれない、とエプスタインは回想している。

「歯がこぼれるような微笑」を含めて容姿や思考法が母によく似ているエプスタインは、母より芸術への愛を受け継いでいる。たとえば、ヘブライ大学に留学中は音楽理論を専攻し、その後、芸術や音楽に関する執筆に力を注いでいるが、これも母の影響であろう。

たとえば、エプスタインが綴る『音楽家たちとの対話』（*Music Talks*）には、ナチスが支配したヨーロッパより渡米した音楽家、ミュンヘンの難民収容所でホロコースト生存者のために演奏を行なった指揮者、そして音楽家になったホロコーストの子供など、全体にホロコーストの影が認められるとともに、芸術を愛した母の思い出が染み込んでいる。

『母の歴史を辿って』の最終場面でエプスタインは、故郷の荒れ果てたユダヤ人墓地に詣で、数世代にわたる父方の祖先が眠る墓前に植物を植え、それが「根付くよう」祈る。家系図を辿った後、それをいかに自分の中に、そして子孫の中に根付かせてゆくのか、それは彼女が自らに託した課題であっただろう。過去よりの蓄積を自己に同化し、さらにそれより何か新しいものを創造してゆく。エプスタインが母の歴史を辿り、彼女のコミュニティにおいてこのことを試みたことは興味深く、これから更なる発展が期待できよう。

6　おわりに

文明にとってあまりにも大きな損失であったホロコーストを生き延びた人々の子供たちが、そのトラウマに苦しみながらも、それをばねとして、家族の過去を辿り、共同体の建設や文明の擁護にいそしむ軌跡を見てきたわけである。エプスタインは、両親の影響を受け、自己の職業を執筆と定め、独自の道を辿ってきたと言えよう。

彼女の母に関して『母の記憶を辿って』で詳述したエプスタインは、父に関しては、電子媒体の書籍において執筆している模様である。

エプスタインの父は、強制収容所での選別においてかろうじて助かり、その後の人生は「大きな贈り物」であったことだろう。ただし、父は、自らをチェコスロヴァキア軍の将校であり、国を代表して二度のオリンピックに出場したことを生涯の誇りとしていたようである。

晩年は、ニューヨークから文化の都市ボストンを訪れることがあったが、そこではコミュニティに恵まれたらしい。コミュニティを清潔に維持することに尽力する周囲の人々は、父の訛りのひどい英語にも丁重に耳を傾けてくれ、父が心臓発作で倒れた時には、見知らぬ人が枕を心配してくれたのである。

大悲劇の再発を防ぐために「覚えておこう、未来のために」と題された国際会議が、二〇〇〇年に英国で開催され、エプスタインやエヴァ・フォーゲルマンを含めた多くの講演が行なわれ、エリ・ヴィーゼルなどホロコースト生存者・作家や研究者などの交わりがあったが、そこに筆者も参加した。筆者は、その後、ボストンやニューヨークでエプスタインやフォーゲルマンと出会い、話し合う機会を持った。出版社を経営するエプスタインの夫が来日した折には、彼と大学で半日を共に過ごしたが、知識欲が旺盛な方であり「なぜ?」「なぜ?」という質問が途切れることがなかった。ちなみに、夫妻が使用可能な言語は、合わせて十一になるという。また、大学の卒業記念にアジアを旅行した彼らの息子たちを、筆者が担当する演習「ユダヤ人研究と国際社会」に招待したが、彼らの中に過去よりの蓄積が文化的に継承されていることを感じた。

「イスラエル建国以来の戦争で一万八〇〇〇人以上のユダヤ人が命を落とした」(『ラビン』*Rabin: Our Life, His Legacy* 二三) というが、ホロコーストにおいては、六〇〇万といわれるユダヤ人が犠牲となっているのである。ホロコーストの子供たちの共同体は、こうして他界した人々の魂に見守られて存続してゆくのであろう。

ホロコーストを体験したことのないユダヤ系アメリカ人の子孫は、人生をバラ色と捉え、すべてに楽観的でいるかもしれないが、ホロコーストの子供たちは、周囲を敵に囲まれて危機意識を抱いて暮らしているイスラエルの人々と似て、警戒を怠らず、日々を真剣に生きていることであろう。ホロコーストの子供たちのようなコミュニティの存在は、その意味で、貴重なものであると言えよう。警戒を怠り、物事の状況に対して問いを発しない人々が増えてゆけば、その社会は沈滞してゆく。

ホロコーストが、この世に残した影響は、巨大なものであろう。個々の生存者やその子孫は、それにいかに対応して生きてきたのか。それは、彼らの心を占める大きな影響となって、彼らの生涯を形作ったことであろう。それは、これまで述べてきたエプスタインの人生に関してもしかりである。

引用・参考文献

Epstein, Helen. *Children of the Holocaust*. Middlesex: Penguin Books, 1979.

——. *The Companies She Keeps: Tina Packer Builds a Theater*. Cambridge: Plunkett Lake Press, 1985.

——. *Music Talks: Conversations with Musicians*. New York: McGraw Hill Book Company, 1987.

——. *Joe Papp: An American Life*. New York: Little, Brown and Company, 1994.

——. *Where She Came From: A Daughter's Search for her Mother's History*. New York: Plume Book, 1997.

Fogelman, Eva. *Conscience and Courage: Rescuers of Jews during the Holocaust*. New York: Anchor Books, 1994.

Frankl, Viktor E. *Man's Search for Meaning*. New York: Pocket Books, 1963.

Hersey, John. *Hiroshima*. New York: The Modern Library, 1946.

Lipman, Steve. *Laughter in Hell: The Use of Humor during the Holocaust*. New Jersey: Jason Aronson, 1991.

Potok, Chaim. *The Chosen*. New York: A Fawcett Crest Book, 1967.

Rabin, Leah. *Rabin: Our Life, His Legacy*. New York: G. P. Putnam's Sons, 1997.

Sachar, Howard M. *A History of the Jews in America.* New York: Alfred A. Knopf, 1992.
井口十郎『蝉時雨』近代文藝社、一九八七年。
井伏鱒二『黒い雨』新潮文庫、一九七〇年。
佐川和茂『ホロコーストの影を生きて』三交社、二〇〇九年。

第7章　ポール・オースターの『ブルックリン・フォリーズ』における遺産の継承

――「引用」と「対話」が紡ぐジューイッシュ・コミュニティ――

内山　加奈枝

1　はじめに

ポール・オースター（Paul Auster 一九四七―）は、一九八〇年代、近代的理性を代表するはずの探偵が自己を喪失していく三つの物語――『ニューヨーク三部作』（*The New York Trilogy*）によって一躍世に知られ、ユダヤ系と称される前にポストモダン作家という印象が強いかもしれない。十四歳年上のフィリップ・ロスと同じく、ユダヤ系移民が集中したニューアーク出身であるものの、ロスにみられるユダヤ的伝統への反抗、ユダヤ系中産階級の世俗化に対する批判といった要素はオースターにあってはなきに等しい。

オースターは、インディアンを犠牲にした西部開拓、白人至上主義者による有色人種の迫害、広島への原爆投下、イラク戦争といったアメリカ史を素材に他者への暴力を描いてきた。第一にアメリカの作家としての自負を持つオースターがユダヤの伝統を受け継ぐ作家であるとしたら、それは、他者との「対話」を継続しようとする姿勢に尽きるだろう。

「対話」という観点からオースターに影響を与えたと思われる文学者エドモン・ジャベスは、カイロ出身のイタリア系ユダヤ人であるが、一九五七年、ナセル政権のユダヤ人追放令によって、エジプトを脱し、のちにフランス国籍を取得した。流浪の民としての苦難を身をもって経験した彼は、ユダヤ人の祖国は「書物」であると言う。ジャベスは、ユダヤ教徒による聖典の読み方——過去のテクストに注釈を加えながら次世代に繋ぐユダヤ教の伝統を取り入れた文学を創作した。(1)

本を読む者は、先行する書物と対話し、新たなテクストを書く。こうして生み出されたテクストは未来の読者に開かれ、対話は閉じることがない。オースター文学に他の作家からの「引用」が目立つのも「他者からの遺産の継承」が主要なテーマであるからだ。

オースターの散文創作の原点となる『孤独の発明』(*The Invention of Solitude* 一九八二)は、子供のころに冒険談を聞かせてくれた亡き父を追憶のうちに語り出す試みであった。「おそらく自分が子供のころに読んだ物語の文体のまま」(二二)、子供のオースターには耳慣れない華やかな言葉で作り話を聞かせてくれた父は、オーストリアからの移民である両親(オースターの祖父母)についてはほとんど語らなかった。オースターは、「アメリカ人として育てられた自分は、先祖のことをあまり知らない」(二八)と語る。けれども、父の遺産によって本格的な執筆活動が可能になり、父から教わった物語の伝承の魅力が、作家としての原点となっていることは間違いない。

オースターは、自身が体験しえなかったユダヤの生活文化や、信仰を保持する人々が集うユダヤ人街を描くことはない。だが、同時多発テロという危機を経験したオースターが、同時代の読者に贈った『ブルックリン・フォリーズ』(*The Brooklyn Follies* 二〇〇五)では、失われていた連帯を再び取り戻していく「ジューイッシュ・コミュニティ」に再生の希望が見出される。

この物語では、離散していたユダヤ系三世代が集まり、小さなコミュニティを形成する。彼らは、聖書や文学と「対話」することで、他者を仲間として受け入れていく。二十一世紀のアメリカに生きる彼らが「引用」するのは、聖書のみならず、ユダヤ人やアメリカ人の文学も含まれる。とはいえ、トーラー(モーセ五書)やタルムード(口伝律法)を実生活に活用してきたユダヤ人の伝統を継承しているようにみえるのだ。

本論は、危機が迫りくるニューヨークを舞台に、理想の共同体(ユートピア)を夢見るオースターの小さなコミュニティが育まれる過程を追う。その際、危機の時代に同じくユートピアを希求したドイツの亡命思想家ヴァルター・ベンヤミン(Walter Benjamin 一八九二―一九四〇)のメシア思想を参考にしたい。

2　生きるための笑いと引用

ユダヤ思想を前面に押し出した批評で知られるハロルド・ブルームは、二〇〇四年にオースターの批評集を世に送り出したものの、オースターには、カフカやロスにあるユダヤ的ジョークに欠けると手厳しい（Bloom 一―二）。ブルームの批判に呼応するかのように、翌年に出版された『ブルックリン・フォリーズ』は、オースターのそれまでの哲学的思弁に富んだ作風と大きく異なり、喜劇的要素が多く盛り込まれている。オースター文学は、人間の無力さを感じさせる悲劇的色調が強い一方、『幻影の書』（*The Book of Illusions* 二〇〇二）では、中欧からアメリカに亡命してきた架空のユダヤ人俳優のコメディーを丁寧に分析する学者ジンマーを主人公に据え、笑いをもってしてナチズムに対抗したチャップリンに対する作者の関心も垣間見える。実際、妻子を亡くしたジンマーを癒し、社会生活に復帰させるのは無声映画時代の喜劇である。

サイレント映画の喜劇俳優たちが間接的に登場する『ブルックリン』にもまた、テロを招いたアメリカに希望を見出そうとする作者の意図がみえる。(2) 物語の語り手は、人生の終盤にあるユダヤ系の男性だ。損害生命保険の外交員であったネイサン・グラスは、長年連れ添った妻と離別し、肺癌による闘病生活を経たのち、ただひとり死に場所を求めて幼年期を過ごしたブルックリンに舞い戻る。遠方に住むひとり娘のレイチェルに生きがいを持つよう提案されたネイサンは、今までの人生で犯した「あらゆる失態、ヘマ、恥、愚挙、粗相、ドジ」（五）を綴り、それが尽きたら知人から人類全体の歴史にまで広げた愚行を記すと計画する。

ネイサンがブルックリンに越してきて最初に体験し報告する逸話は、この小説が喜劇であることを印象づける。ふらりと入ったデリカテッセンで「シナモンレーズン・ベーグル」を注文しようとして、思わず「シナモンレーガン」と言ってしまうのだが、若い店員は、取り扱いのないベーグルの代わりに、間髪いれず「パンパーニクソン」を勧めてくる。「実に速い。あまりの速さに、こっちは危うくズボンを漏らしてしまうところだった」(五)。読者も思わず笑ってしまうこの体験の直後に愚行を記すプロジェクトが思いつかれるのだ。

オースターにしては珍しい喜劇に対し、書評はおおむね好意的であった。ブルームが魅力を感じると同時に困惑したというポストモダン的要素が減り、作品の持つ率直な暖かさが批評家の警戒心を解いたようだ。ただし、ネイサンの楽天的な語りの最後に突然投げ込まれる同時多発テロを「不協和音」として戸惑う声もあった(Chalew 七三)。

小説の最後を読んでから冒頭に戻る読者は、ネイサンのプロジェクトに加えられるべき人類最大の愚行のひとつがテロであることに気づくだろう。死にかかわる仕事をしていたネイサンは、身近な愚行を記すに終わらず、保険の顧客から聞かされた話を集めた「残酷な運命」というコレクションを構想の最後に加える。序章の最後に紹介されるベルリンからアメリカに亡命した男の悲劇は、小説最後に予告される惨事と照応しあうが、ネイサンはささやかな危機に見舞われたときですら、歴史的悲劇を想起(引用)する。甥のトムとトムの姪ルーシーとの旅の道中、車の故障でヴァーモントに足止めを余儀なくされるのだが、修理工が「よそ者」を排除しようとする、地元民の悪戯ではないかと推測すると、ネイサンはすぐさまユーゴスラビアの惨事を想起し、サラエボとコソボで殺された多くの罪なき命に祈るのだ。

喜劇らしく、故障の原因はルーシーの仕業であったことがのちに判明する。とはいえ、ベンヤミンが、危機の瞬間に忘却に沈みゆく過去を想起し引用することが、支配者階級から歴史を救済することにつながると考えたとするならば、ネイサンもまた「ベンヤミン的感性」の持ち主であると言えるだろう。

作者オースターが「九・一一」という惨事への対抗として選んだ手段は、笑いとともに「過去に目を向ける」ことだ。『ブルックリン』では、数多くの作家や作品がこれでもかというほど引用される。とりわけユダヤ系三世代（ネイサン、トム、ルーシー）の読書愛が強調され、彼らのコミュニティは本から引用し、本について語ることで現実に対応していく。たとえば、テロ攻撃の伏線として描かれる二〇〇〇年の大統領選では、ジョージ・W・ブッシュの批判を目論むトムの未来の伴侶ハニーは、前回、国民が「藪《ア・ブッシュ》」の言う事を聞いた結果、「民が四十年間、荒野をさまよったのよ」（一七六）と、藪の中から神の声を聞いたというモーセを引用してトムを笑わせる。類似したものを照らしあわせて浮かびあがる差異が笑いとなってその場にいる者たちに共有されるように、過去のテクストを現在にあわせて新しく活用する引用もまた、この場に生きる者が過ぎ去った人々の遺産を継承するための技術であるといえよう。

3　過去に遡る「場」としての部屋、路地、書物

オースターは、二人の男性作家間の関係性を幾度も描いてきた。『ブルックリン』は群像劇ではあるものの、作家に準ずる者同士の再会から物語が始まる。ネイサンは生活のために保険外交員になったものの、大学では英文学を専攻し、「本に対する情熱」（一三）を失うことはなかった。その情熱を共有する甥のトムには幼少期のころから本を贈り、十一歳の時にポーを教えている。ゆえに、パークスロープの古本屋で長年音信不通であったトムに再会するくだりで語り手ネイサンが挿入するエピソードは、トムの大学卒業時に交わした文学談義である。

トムは、「空想のエデン」と題された卒業論文において、アメリカ思想の両極にいるソローとポーを取りあげ、両作家の理想の部屋、家、風景を比較研究した。アメリカが機械文明と資本主義に押しつぶされ、国を二つに分断して南北戦争に向かう中、北部の禁欲主義者ソローは森に引きこもり、南部の貴族主義者ポーは理想の室内を夢想した。トムは、正反対にみえる二人の作家が、共に「読み、書き、考える場」――「不可能なまでにユートピア的」（一六）な場から、アメリカを再発明しようとしたと主張する。ひとり籠る場が逆説的に大きなコミュニティ（国家）を考える場になりえるのは、読み書きする空間が、時を隔てた他者との対話の場でもあるからだろう。

小説の導入部に置かれた「ユートピア」の話題は、十九世紀に考えられた理想のコミュニティが、

テロが迫る二十一世紀のアメリカにおいて小規模ながらも試みられることを暗示する。ネイサンとトムは、過去の書物を参照することでルーシーという子供を引き取り、小さなコミュニティを築いていくのだ。

ひとりもののネイサンは、亡き妹の息子トムとの偶然の再会に喜ぶが、文学者の夢破れ、タクシー運転手になっていたトムは唯一の肉親である妹オーロラの消息もつかめない。孤独な男たちは、突然現れ、沈黙を通すルーシー（オーロラの九歳の娘）を男手で育てる気にはなれず、バーリントンに住む遠戚に預けようと車に乗り込む。オースター文学において、狭い部屋に籠ることと放浪することは正反対の行為にみえて、共に〈いま－ここ〉にいる自己が過去と結びつくための場となる。

ソローとポーにおいて導入された「他者との対話の場」を考えるために有用なのが、ベンヤミンの「遊歩者・蒐集家」としての歴史観だ。次に、古い事物に眠るユートピア的根源を引用し、目覚めさせようとするベンヤミンのパサージュ研究を参考に、『ブルックリン』のコミュニティにおける、引用し、模倣し、想起するユダヤ的能力、すなわち「他者と対話する術」をみていきたい。

ベンヤミンが研究対象としたパリのパサージュは、高級店がガラス屋根で覆われた通路を挟んで軒を連ねる建築物で、主に十九世紀に建設された。ベンヤミンは、パサージュを成立させた条件として、建材にガラスと共に鉄が使用され始めたことをあげる。一八八三年に完成したブルックリン橋もまた、鋼鉄ワイヤーを使用した史上初の橋であったが、トムは、この橋を物質を超越するための場として語る。

タクシー運転手として働くトムは、初老の同性愛者で古本屋の主人ハリー・ブライトマンに彼の元で働くように幾度も誘われる。だが、臆病になっていたトムは、元文学者らしく理論武装する。

ブルックリン橋を、満月がまさに橋のアーチに入ってくる瞬間に走っていて、目の前にはもうひたすら明るい黄色い円しか見えなくなり、そのあまりの大きさに人は怯え、この地上に生きていることも忘れて、自分は空を飛んでいるのだ、タクシーには翼があって自分は本当に空間を飛翔しているのだという気がしてくる。そういうのは書物じゃ絶対に再現できない。これって本物の超越なんだよ、ハリー。（三〇）

トムの方便は超絶思想を思わせるが、トムの再生の鍵はむしろ、三部作の二作目『幽霊たち』（*Ghosts* 一九八六）のブルーがブルックリン橋を渡りながら橋の設計に命をかけたローブリング父子に思いをはせるように、遠い他者を近くに呼び寄せる「引用の力」にあるように思われる。とうとう本屋に転職を決めたトムがハリーに伯父を初めて紹介する場面が、彼らのコミュニティ建設の出発点となる。ネイサン・グラスの名を聞いたハリーは言う。「実に興味深い。トム木《ウッド》と、ネイサン硝子《グラス》。これであたしが鋼《スティール》に改姓すれば、三人で建築会社を作って、ウッド・グラス＆スティールと命名できますよ。〈中略〉何でも建てます、お望みどおり」（五七―八）。

ベンヤミンは、集団の無意識の中に保存されている「階級なき社会」を要求した太古の経験が新たな建材によって蘇ったユートピアの事例として、シャルル・フーリエが共産団体のために考案した住居をあげる。空想的社会主義者のフーリエが考案したコミュニティは、パサージュ同様、鉄骨で組み立てられたガラス天井によって個室と共用部分が緩やかに繋がり、個人にとっての外部が集団にとっての内部になる集団的夢の構造が見出される。ここで強調したいのは、フーリエのコミュニティとパサージュは共に、集団と個人、過去と〈いま〉の接点となる場であることだ。『パサージュ論』（一九八二）は、十九世紀から二十世紀前半までのパリに関する文献から集められた短い引用とベンヤミンの注釈が集められた断片の束である。パサージュは、商品やモードなど、ブルジョワジーの集団的欲望の痕跡が見出される場であり、前世紀の資本主義が抱いた夢の化石を、ベンヤミンは彼の現在時――〈いま〉によって認識し、救い出し、同時代人に示そうとした。

ベンヤミンがヘッセルと共訳したプルーストの『失われた時を求めて』は、マドレーヌの匂いから無意識の追想がはじまり、忘れられた過去への目覚めを描いたという点でベンヤミンにとって重要であったが、ベンヤミンがベルリンでの幼年時代を追憶した「一九〇〇年頃のベルリンの幼年時代」は、個人的な幸福を蘇らせるため過去に遡ろうとしたプルーストへの共感と、集団的記憶を召喚しようとしたパサージュ研究のちょうど中間の位置を占める（Buck-Morss 三八）。

ベンヤミンはその回想録の中で、コミュニティの存続のために太古から人が有する力の痕跡――「類似を認識するという才能」（Ⅲ五六〇）の具体例をいくつも挙げている。戸口のカーテンの後ろに立てば、「風に揺らめく白いもの」（幽霊）になり、食卓の下にうずくまれば、彫刻を施されたテーブルの脚のごとく「木彫りの神像」と化す(Ⅲ五六六)。ベンヤミンの子供時代、人々が住むことに夢中になった十九世紀には「住む者の刻印を帯びている」(I4, 4)様々な容器、カバーやケースが作られたが、幼少期のベンヤミンもまた、室内にある家具を真似た。

だが、子供の頃にすでに蒐集家の片鱗をみせていたベンヤミンの心を占めたのは、物を棚にしまい新しい状態を保つよりも、蒐集したガラクタなど「古いものを新しくする」(Ⅲ五五七)ことであった。新しい時代にやってきたベンヤミンが、自分のコレクションの中に古いものを投入(引用)し、自分と物、その物と別の物たちとの新しい関係を作り、随時更新していく行為には、のちの彼の批評方法の片鱗が窺える。

回想録の最後に、ベンヤミンはブルジョア的私室を出て街路を歩き始める。二十世紀に残存するパリのパサージュは、ベンヤミンによって、二世代前の生を喚起する重要な形象であったが、過去へと開かれた追憶としての陶酔をもたらすのは街路だけではない。「一九世紀においてはほとんど気が遠くなるほどの膨大な量の文献の中」(M1, 5)に陶酔の種が眠る。ゆえに、ベンヤミンは、「アスファルトの上で植物を採集して歩く遊歩者」(Ⅳ二二二)のごとく、ガラス天井に覆われたパリの国立図書館の青空の下、文献を書き写し、追憶の種を採取して歩いた。

ベンヤミンの追憶の種が私室にとどまらず、路地を歩き、資料の書き写しを行なうことで蒐集されたように、オースターの追憶もまた、他者との対話の場となる部屋、都市、書物の空間を行き来する。『孤独の発明』には、A(オースター)が歩いたパリ、アムステルダム、ダブリン、そして初めての詩集を書いたパリの女中部屋やアマーストで訪ねたエミリー・ディキンスンの部屋など多くの部屋が登場する。そこで見出されるのはたくさんの類似だ。たとえば、パリで出会った父のような存在SとSの第二の皮膚のような極小の部屋。アムステルダムで訪ねたアンネ・フランクの部屋では、アンネと自分の息子の誕生日が同じであることの気づき。

それらの都市や部屋は、亡くなった父に対して息子になろうとし、幼い息子に対して父になっていくオースターが、父子関係を追憶する「対話のための場」となる。オースターが過去から現在との類似を引き出す感性は、ベンヤミンに通じるものがある。ベンヤミンがいう、現在が過去に対して持つ連続的な時間ではなく、既在と〈いま〉が「閃光のごとく一瞬に出会い、ひとつの状況を作り上げる」(N3, 1) ことを可能にするイメージとはどのようなものか。

『孤独の発明』には次のようなエピソードがある。Aの友人がパリで女中部屋を借り、ユダヤ人である彼の父親が戦時中、まさにその部屋に隠れていたことを知る。個々の出来事は、それ自体では語るべきことは少ない。だが、「二つの出来事を同時に眺めた時に生じる韻が、それぞれの現実を変革する」(一六一)。この時、忘れられていた過去が連続した時間から打ち出され、目覚める。ベンヤミン的に解釈すれば、根源としての真実は〈いま〉と衝突することで救済される。

ユダヤ学の研究者であり、ベンヤミンの親友であったゲルショム・ショーレムは、ベンヤミンがフランツ・ローゼンツヴァイクの『救済の星』(一九二一)を愛読し、ユダヤ教の中核となる「ユートピア的カテゴリー、つまり救済やメシアの理念」(四一)を手放さなかったと証言する。多民族が共生する国家を理想とし、「他」を全体性に還元してしまうヘーゲル哲学からユダヤ思想に向かったローゼンツヴァイクは、説教や食事など、ユダヤ教徒にとって日常的な場で他者の言葉を聞くことが同時に語ることになるという共同体の対話を重視した。ベンヤミンに影響を与えたと思われる彼の「時機」の概念――消え去るのではなく「立ちどまっている〈いま〉」(四五〇)は、共同体の時間として捉えることができるだろう。書物を介した〈いま―ここ〉は、私から始まるのではなく、他者の呼びかけに対する応答であり、未来の他者の応答も期待できる、無限に開かれた場となる。

もうひとつAが体験した他者との対話をみてみたい。Aは、リバーサイド・ドライブのアパートでマラルメの詩を翻訳したことを追憶する。マラルメが幼い瀕死の息子アナトールの枕元で書いた詩の翻訳をAは中断してしまうのだが、Aもまた、息子を肺炎で失いかける。おそらくAは、自分の息子の死を恐れた瞬間にマラルメを想起し、ベンヤミンのいう「危機の瞬間にひらめくような想起を捉えた」(I六四九)のだろう。こうしてAは、マラルメの詩の翻訳に戻る。記憶とは「単純に自分個人の過去を生き返らせることではなく、他者の過去、つまりは歴史への没入」(一三九)なのだ。

Aはまた、「過去は知力の領域を超えたところ、何か思いもよらない事物の中に隠されている」(一六二)というプルーストの一節を引くが、事物とは、マドレーヌやパサージュだけではない。ネイサンとトムは、書物と彼らの現状を照応させ、過去のテクストを〈いま〉に蘇らせる。

4　他者（過去）を模倣（引用）する力

古本屋に就職したトムが、稀覯本《きこう》、手書き原稿の月刊カタログを書く仕事につくのは興味深い。古本の熱心な蒐集家であったベンヤミンは、講演「蔵書の荷解きをする」において、蒐集行為では、町一番の小さい古本屋を攻略する以上にカタログのほうが大きな役割を担うと語る。なぜなら、よく知っていると思われた本をカタログで購入し「予期せぬ驚き」（Ⅱ二二）に出会うなど、思い出されたことのすべてが「蒐集家の所蔵物の台座」（Ⅱ一七）となるからだ。よって、この講演の最後に語られるのは、本と出会った数々の都市と蔵書が置かれていた複数の部屋の思い出だ。

蒐集家は、古本の過去（それが作成された年、土地、前所有者等）を新しい現在の空間（私的蔵書コレクション）に投げ入れ、別の生を与える。蒐集家の行為は、ベンヤミンが、翻訳者は訳すことで原作自体を「死後の生」の中で「後熟」（Ⅱ三九五）させると述べたことに通じる。引用や翻訳は、過ぎ去ったものを変化させ、新生させる力を持つ。蒐集家は、物に使用価値ではなく骨董価値を付与し、「過去の世界に赴く夢を見るだけではなく、同時により良き世界に赴く夢を見る」（Ⅰ三四四）。

目新しいものに商機を探すよりもむしろ、不当なやり方ではあれ、ありえたはずの事物の姿を夢見るのがトムの雇い主ハリーであり、彼は詐欺で服役していた過去を持つ。かつてシカゴで画廊を経営していたハリーは、自ら育てた画家スミスがメキシコで亡くなってからは、自分の愛人ドライヤーにスミスの作風を模倣させた絵画をスミスの名のもとに販売していた。

トムからハリーの経歴を聞いたネイサンは、ハリーに俄然興味を抱く。昔から悪党に甘かったというネイサンは、「友だちとして最高に当てにはならないかもしれんけど、連中がいなかったら世の中きっと味気ないぜ」（五二）と言う。トムには「世は悪党のもの」というネイサンの論が通じない。そこでネイサンが持ち出すのがヤコブとエサウの話である。トムは、裏切り者のヤコブのほうがユダヤ人の指導者になったことに合点がいかないが、「どっちを指導者に選ぶか考えたら、誰だって闘う方、知恵と狡猾さがある方、不利を克服して勝利をかち取る方を選ぶ」（五四）のだ。ネイサンは、聖書を引用し、ハリーを彼らのコミュニティに招き入れることになる。

目の前の現実を過去の物語に引きつけて解釈するのはネイサンだけでない。トムは、突然現れた姪ルーシーに対して彼らがどう振る舞うべきかの指標として、敬愛するカフカの実話を伯父に紹介する。食糧不足、政治暴動、インフレに喘ぐベルリンで最期の日々を過ごしていたカフカは、ある日公園で、人形をなくし、わあわあ泣く少女に出会う。カフカはそれから三週間もの間、人形から女の子宛ての手紙を書き、公園で待つ少女に届ける。トムは、説得力ある嘘は少女の喪失を違う現実に替えることができると主張する。「偽りの現実かもしれない、でも虚構の掟から見ればそれは真実であり信用できる何かなんです」（一五四）。こうして、彼らはルーシーの庇護者の役を引き受ける。

トムは、ネイサンとハリーとの酒の席で、自分が愛し敬う人たちと人生を共にするコミュニティへの夢を語る。共感したハリーは、共同住宅を田舎に購入できる資金が調達できると請けあうのだが、それは、ホーソーンの『緋文字』の偽の手書き原稿を売るという詐欺に加担することで得られるという。

ドライヤーが提案した詐欺計画が罠であることを知ったハリーは心臓発作を起こして急死し、ネイサンたちがバーリントンに行く道中で見つけたヴァーモント南部の小さなホテルをチャウダー氏から購入する計画も実らない。ネイサンは、ハリーの古本（骨董）をせしめようとしたドライヤーらを撃退し、ハリーをはじめとする無名の死者たちの伝記作成を可能にする保険の設立を考案する。共同住宅の夢は実現せずとも、ハリーという精神的遺産の継承がコミュニティの場となるのだ。

ハリーは、両親のいないトムとドラァグ・クイーンのルーファスに全財産を残す。トムは、あとを追ってきたチャウダー氏の娘ハニーと結ばれ、ハリーの店の相続者となる。ネイサンもまた、似非宗教の信者である夫から逃れられずにいた姪のオーロラを、全米に何百とある「ホーソーン・ストリート」という名称を頼りに見つけ出し、「乙女を救う遍歴の騎士」（二八四）に変身を遂げる。ユダヤ人のネイサンは、クリスチャンのジョイス（トムの片思いの相手だったナンシーの母）と結ばれ、ナンシーとオーロラのレズビアンカップルが誕生し、二人が男性との間に設けた子供達を加えた三世代で住まう。甥のトムと娘レイチェルにも子供ができ、離散した家族は新しい仲間を増やし、緩やかに繋がるコミュニティが成立する。

こうして「白、茶、黒の混ざりあいが刻々変化し、外国訛りが何層ものコーラスを奏で」る(二八〇)ネイサンのブルックリンは、その名(Nathan)の中に姿をみせるナサニエル・Hのブルック・ファームを「都市型ユートピア」(Teobald 二五三)として蘇らせ、オースターは、多様なものとの共生を歌ったブルックリンの先住人ホイットマンを追悼する。オースターは、アメリカ文学の先達を引用し、他者の遺産からの呼びかけに応える上に創作が成り立つことを実演するのだ。

それにしても、なぜネイサンは、詐欺師ハリーを模倣する(伝記を書く)に足る人物とみなすのか。大戦中に、ヨーロッパの都市から焼け出された孤児たちを空想のユートピア——「ホテル・イグジステンス」に連れて行こうと夢想した十歳の少年ハリーの精神が、トムたちへの遺産のうちに生き残っていたとしてもだ。

ハリーは、著名な作家が亡くなると、すぐにトムを連れ、その蔵書を買い取りに出かけた。それらの蔵書には作家仲間からの献辞や署名がある故に、ベンヤミンが「アウラ」と呼ぶもの——「近くにありながら、遠い」という性質を帯びる。トムは数々の作家たちの実話をネイサンに披露するが、トムの作家たちへの敬意は作者オースターも共有する。トムがネイサンにカフカの日記や手紙の重要性を主張したように、オースターもまた、カフカの書簡を読めばカフカの解釈が決定的に変わるという(*Art* 一三八)。

ベンヤミンは、パリに何世紀も残る街路名に過去の痕跡をみたが、『ニューヨーク三部作』においても、現存するストリートや教会からポーやホイットマンの実話が引き出される。その名において過去との持続性を保持した場所は、作家の生と所縁を持つ故にアウラを帯びる。だが、オースター文学に現れる願望――テクストとは切り離された作家の生きた証を問うことは不毛だ。時空を隔てた作家と出会えるのは資料のみであり、そこには不足や誤りも含まれるはずである。

仮に『緋文字』の手書き原稿が残されていたとしても、鑑定家のお墨つきがあるとしても、それが本物だと信じられるかに全ては賭けられる。トムが言うように、「すべてはハリーによれば」（五六）なのだ。オースターは、一九九九年から翌年にかけて行なわれたNPRのナショナル・ストーリー・プロジェクトにおいて、「作り話に聞こえる実話」（*True* xiv）をアメリカの無名の人々から集めたが、それらが実話であるという保証は当事者にしかできない。

詐欺師ハリーは他者を信じた結果、自分も騙されてしまう。それでも、ルーファスが遺産を受け取る代わりにただひとつ望むことは、ハリーについて語ることだ。オースター自身、失われた父と対話することの（不）可能性を問いながら語ったように、愛する人の足跡を模倣し、引用する不可能な挑戦こそ、倫理的な飛躍となる。

5　おわりに

本論は、現代アメリカに生きるユダヤ系のネイサンとトムが、書物との対話によってルーシーとハリーを受け入れ、ジューイッシュ・コミュニティが徐々に生成される様をみてきた。彼らは、ハリーを失い、彼の前妻や娘を迎えて生活する、夢の共同体を実現することはできない。部分的に達成されたコミュニティの幸福もテロの影響を受けることが予想される。それでも、ハリーの精神的な遺産を書物として残すことで、コミュニティは未来に向かって開かれていると言えるだろう。

それゆえに、小説の最後に挿入された「不協和音」は、ネイサンの「本の力をあなどってはならない」（三〇二）という信念を打ち消すことはない。一機目の飛行機が世界貿易センターに突撃する四六分前の朝八時、病院を退院し、ジョイスの元に戻ろうとするネイサンの語りは、次の一文で終わる。「だがいまはまだ八時で、そのまばゆい青空の下、並木道を歩きながら、私は幸福だった。わが友人たちよ、かつてこの世に生きた誰にも劣らず、私は幸福だったのだ」（三〇四）。

こうした至福の直後に到来するテロは、それ以前のネイサンの語りの連続性を打ち破り、三部作同様、語りが中断され、テクストが開かれたままであるという印象を与える。こうしたオースターらしさは、通常、ポストモダンと形容されるのだが、唯一の答えに集約することを避ける語りは、聖句の解釈を未決のまま論争を継続してきたラビたちの伝承を思わせる。オースターの読者もまた、直接語られることのないテロについて考えるよう解釈のコミュニティに招かれるのだ。

そしてまた、ベンヤミンの仕事にみられる、全体主義的な歴史観に抗し、過去の「事物をその機能連関から解き放ち」（H2, 7）、破壊し、新しい文脈の中で蘇らせるという引用の実践は、いずれ到来するメシアによって過去のすべての瞬間が等しく救済されるための準備であると同時に、近代普遍主義の解体を目指したポストモダン思想の一端であるとみなせよう。(3)

「過ぎ去った時間が想起のなかで〔中略〕まったく同じように経験された」(I六六四―五)というベンヤミンの歴史のテーゼは、未来を探ることの代わりに想起を手にしたユダヤ人としてのアイデンティティーと深く関係する。しかしながら「未来のどの瞬間も、メシアがそれを潜り抜けてやってくる可能性」(I六六五)は残されている。歴史の勝者ではなく、「名もなき者たちの記憶」に敬意を払うベンヤミンは、「追悼的想起は未完結なもの(幸福)を完結したものに、完結したもの(苦悩)を未完結なものに変えることができる」(N8, 1)と書き残した。ネイサンが権力者側の歴史ではなく「無名の死者」[4]に目を向けるように、テロの記憶は、後続する個人が支配者側に加担してしまう危機の瞬間に各々に蘇らせることで救済されるのではないか。

付記　本論を執筆する上で多くのご助言を賜った広瀬佳司先生をはじめとする共著者の皆様と、井上健先生に深く感謝申し上げます。

註

(1) オースターが論じたジャベスの『問いの書』(一九六三)は、書物を介し、時を隔てた人から到来する問いに対して新たな問いをもって応答する架空のラビたちの引用と注釈の中に、ホロコーストを体験する男女の愛の物語が断片的に浮きあがる形式になっている。ひとつの答え(=権力)を導かないジャベスの語りはオースターに継承されている(*Art* 一〇七―一一四参照)。

（2）ネイサンがヴァーモントで発見する小さなホテルの各部屋には、サイレント映画の喜劇俳優の写真が飾られている。

（3）ベンヤミンの意図する引用は、過去の事象をもぎ取る際に破壊も生じるのだが、作家が先行者を受容する際には、必ず誤読が生じると考えたブルームの理論にも通じる。脱構築批評と共にカバラーから多大な影響を受けたブルームの仕事もまた、ポストモダンとユダヤ思想の交差を示すようだ。

（4）一九四〇年、ベンヤミンはポルボウの地で亡命を断念し、自死を選択した。その地に建てられた記念碑《パサージュ》には「無名の者たちの記憶にこそ、歴史の構成は捧げられる」というベンヤミンの言葉が刻まれている。

引用・参考文献

Auster, Paul. *The Art of Hunger*. Penguin, 1997.

———. *The Brooklyn Follies*. Faber and Faber, 2005.

———. *The Invention of Solitude*. Penguin, 1982.

———. *The New York Trilogy*. Penguin, 1988.

———. editor. *True Tales of American Life*. Faber and Faber, 2001.

Bloom, Harold, editor. *Bloom's Modern Critical Views: Paul Auster*. Chelsea House, 2004.

Buck-Morss, Susan. *The Dialectics of Seeing: Walter Benjamin and the Arcades Project*. The MIT Press, 1989.

Chalew, Gail Naron. "The Brooklyn Follies." *Baltimore Jewish Times*, vol. 289, no. 8, Apr. 2006, p. 73.

Theobald, Tom. *Existentialism and Baseball: The French Philosophical Roots of Paul Auster*. Lambert, 2010.

ショーレム、ゲルショム「ヴァルター・ベンヤミン」『ベンヤミンの肖像』好村富士彦監訳、西田書店、一九八四年。

ベンヤミン、ヴァルター『パサージュ論　第一巻～五巻』今村仁司他訳、岩波書店、二〇〇三年。

――――『ベンヤミン・コレクションⅠ～Ⅶ』浅井健二郎編訳、ちくま学芸文庫、一九九五年―二〇一四年。

ローゼンツヴァイク、フランツ『救済の星』村岡晋一他訳、みすず書房、二〇〇九年。


『ブルックリン・フォリーズ』の翻訳は、柴田元幸氏の翻訳（新潮社、二〇一二年）を使用させていただいた。オースターの著作から引用した頁数はすべて原著による。また『ベンヤミン・コレクション』からの引用は、括弧内に巻数をローマ数字で、頁数を漢数字で示し、『パサージュ論』に所収の断片は、断片番号を提示した。

第8章　抑圧としてのコミュニティと抗う女性たち

──映画『しあわせ色のルビー』と『ロニートとエスティ──彼女たちの選択』──

中村 善雄

1　「新しいエルサレム」前後のユダヤ映画

二〇〇一年九月十一日、ワールドトレードセンターのツインタワー崩壊を目の当たりにしたマンハッタンの居住者にとって、未曽有の大惨劇は彼らの人生観を変える出来事でもあった。その様子を間近で眼にしたニューヨーク在住のユダヤ系作家ナオミ・アルダーマン（Naomi Alderman）はその変化を、多くの居住者たちは自己の生活を見直し、ある者は結婚して、子供を産み育て、別の者はカミングアウトしたと表している（Alderman, "Comig Out"）。ジョゼ・M・エブラ（José M. Yebra）はアルダーマンの感じたこの転変を千年王国説に倣って「新しいエルサレム」（a new Jerusalem）の始まりと称している。そして同時テロ事件からほぼ一カ月後にサンディ・シムチャ・デュボウスキ

（Sandi Simcha DuBowski）監督の『神の前の震え』（*Trembling Before G-d*）が上映されたことは特筆すべきことだと指摘している（Yebra 一四）。この映画は、超正統派コミュニティに属するゲイとレズビアンのユダヤ人を扱ったドキュメンタリー映画であるが、これはユダヤ表象が新しい段階に入ったこと、つまりは同性愛を扱う「新しいエルサレム」の到来を告げている。ブリストル大学のユダヤ人上級講師カレン・E・H・スキナジ（Karen E. H. Skinazi）は、この映画公開前までLGBT問題は公共の話題ではなかったと語っており（Skinazi）、ネイサン・エイブラムス（Nathan Abrams）は同時テロには言及していないが、一九九〇年代には見られなかった、非規範的なセクシュアリティを描くユダヤ人を巡る映画の増加について指摘している（Abrams 八五）。特にイスラエルではゲイを主題とした映画が次々に制作され、同国の映画監督エイタン・フォックス（Eytan Fox）は同性愛を描いた三本の映画を二〇〇〇年代に公開している。二〇〇二年にはイスラエル国防軍での同性愛者の恋愛を描いた『ヨッシー・アンド・ジャガー』（*Yossi & Jagger*）、二〇〇四年にはモサドの活動員と元ナチスの孫であるゲイとの交友を描く『ウォーク・オン・ウォーター』（*Walk on Water*）、二〇〇六年にはゲイのイスラエル人とパレスチナ人の恋愛を描いた『バブル』（*The Bubble*）を発表した。二〇〇九年には、同じくイスラエルの映画監督ハイム・タバクマン（Haim Tabakman）が肉屋のアーロン（Aaron）とイェシバの学生との同性愛を描く『アイズ・ワイド・オープン』（*Eyes Wide Open*）を発表している。二〇一〇年代に入っても、映画はユダヤ社会の同性愛をカミングアウトしていき、パレスチナ人学生とユダヤ人弁護士のホモセクシャルな関係とパレスチナ問題を絡めた『アウト・イン・ザ・ダーク』（*Out in the Dark*, 2012）や、ドイツのケーキ職人がバイセクシャルなイスラエルの恋人の事故死をきっかけに、その未亡人とカフェを営む『彼が愛したケーキ職人』（*The Cakemaker*, 2017）といった作品が公開された。他方、二〇〇〇年の『どうしたの？』（*What's Cooking?*）や『家庭の事情』（*A Family Affair*）にユダヤ女性の同性愛者が一部出てくるが、男性の同性愛と比較すると、レズビアンの描写は圧倒的に少ない。加えて、ユダヤ社会と一口に言っても、世俗的なユダヤ社会と厳格な戒律を信奉する（超）正統派のユダヤ社会とでは、レズビアンへの姿勢は雲泥の差である。その意味で本稿にて扱う、ナオミ・アルダーマンの小説『不服従』（*Disobedience*）を原作とする映画『ロニートとエスティ――彼女たちの選択』（以下『ロニート』）（*Disobedience*, 2017）は、タブー中のタブーを問題にした映画である。この映画の監督セバスティアン・レリオ（Sebastián Lelio）はインタビュー記事の中で、不服従こそが変革の原動力であり、映画には不服従の姿勢が必要不可欠だと語っている（Risker）。それを踏まえれば、*Disobedience*（『不服従』）という原題は、男性の同性愛を綴る映画に対して、また世俗的なユダヤ社会の同性愛を語る映画に対するカウンター・ナラティヴを目指していると言えよう。

翻って、九・一一以前あるいは二一世紀以前に、セクシュアリティの視点からユダヤ社会を捉える映画は見受けられず、（超）正統派社会の場合は尚更である。ユダヤコミュニティのあり方を問題にする場合、映画はセクシュアリティの撹乱を問題とせずとも、人種や民族といった観点から語るべき余地があったのである。『刑事ジョン・ブック／目撃者』（*Witness*, 1985）の女性版である一九九二年公開の『刑事エデン／追跡者』（*A Stranger Among Us*）はその典型と言える。この映画では、ハシド派社会で起こった事件を起点に、メラニー・グリフィス（Melanie Griffith）演じる女性刑事の、外部からの目を通じて、このコミュニティの結束とその異質性が炙り出されている。アイザック・バシェヴィス・シンガー（Isaac Bashevis Singer）の短編小説（"Yentl the Yeshiva Boy", 1962）を原作とする映画『愛のイエントル』（*Yentl*, 1983）は女性の学問の自由を唱えた映画であるが、彼女はタルムードの勉強を続けるために男装を余儀なくされ、その異装は正統派ユダヤ社会の男性中心的性質を際立たせている。

こうした映画の潮流を踏まえ、本稿では「新しいエルサレム」以前と以後の二つの映画にスポットライトを当てる。まず初めに取り上げるのが、人種や民族を交えた正統派ユダヤ社会の抑圧とそこからの離脱を描く、ボアズ・イエーキン（Boaz Yakin）監督、レネー・ゼルウィガー（Renée Zellweger）主演の『しあわせ色のルビー』（*A Price Above Rubies*, 1998）である。次に、先述した『ロニート』に焦点を当て、非規範的なセクシュアリティがユダヤ社会に引き起こす波及の様相を検証し、二つの時代の女性たちとコミュニティのせめぎ合いについて考察してみたい。

2　ルビー以上／以下の女性

『しあわせ色のルビー』の原題の *A Price Above Rubies* は、旧約聖書の『箴言』（*The Proverbs*）第

三一章一〇節の「誰が賢い妻を見つけることができるか。彼女はルビーよりも尊い」(Who can find a virtuous woman? For her price is far above rubies.)に由来し、ルビー以上の価値のある女性の素晴らしさを讃えた言葉である。但し、その素晴らしさとは、父や息子がトーラーの勉強をする傍らで、食事や家事を立派に担い、家庭を献身的に支える女性の事を指す。

この映画タイトルはまた一九九三年出版のナオミ・シェパード(Naomi Shepherd)の *A Price Below Rubies: Jewish Women as Rebels and Radicals* を反転した形で想起させる。この書は、著名なマルクス主義理論家ローザ・ルクセンブルグ(Rosa Luxemburg)や、フロイトの患者「アンナO嬢」で知られ、ユダヤ女性解放運動を主導したベルタ・パッペンハイム(Bertha Pappenheim)ら、既存の政治・社会体制に反旗を翻した六人のユダヤ人女性を扱っている。彼女たちは様々な政治的文脈で体制反対を訴えたが、ユダヤ社会から見れば、ジェンダーロールを歯牙にもかけない「ルビー以下の値打ち」の女性と位置づけられたのである。同時にその女性たちと同じく『しあわせ色のルビー』の主人公ソニア・ホロウィッツ(Sonia Horowitz)も反コミュニティ的で、ジャンルこそ違えど、この二つのテクストは意味を反転させながら共振している。

逆にジェンダーロールの枠組みを攪乱する女性を主人公とする映画に対して、作品の舞台となる正統派のコミュニティから否定的意見が表明されたのは当然であろう。一九九八年四月一二日の『ニューヨーク・タイムズ』(*The New York Times*)紙の映画欄にて、ローリー・グッドスタイン(Laurie Goodstein)はその反響を紹介している。それによると、週刊新聞『ジューイッシュ・プレス』（*The Jewish Press*）のコラムでスティーヴ・ワルツ（Steve Walz）はこの映画を「醜悪」と断罪し、下院議員やニューヨーク市長を歴任したユダヤ系アメリカ人エドワード・アービング・コッチ（Edward Irving Koch）は、WABCのラジオ番組やインタビューの中で、この映画を「反ユダヤ的」あるいは「ナチスが好むだろう」映画と評している。敬虔なユダヤ教信者であり、ブルックリンを選挙区とする州議会議員ドヴ・ハイキンド（Dov Hikind）は、超正統派のユダヤ人が「感情のない、愛し方や感情の示し方を知らない人々」として映画で描かれていると断じ、映画へのボイコットを呼びかけている（Goodstein）。

彼らにとって『しあわせ色のルビー』の何が問題だったのであろう。映画はブルックリンのボロ・パークにある超正統派のコミュニティを舞台としている。宝石商の父をもつ主人公ソニアは親の意向に従い、イェシバの教師にして学問一辺倒の学者メンデル（Mendel）と結婚し、子宝にも恵まれ、一見幸福な家庭生活を営んでいる。しかし、ソニアの内には宗教的束縛への不満とその解放を願う想いが宿っており、精神的苦難や葛藤を抱えている。本来、ユダヤ社会に生きる者の苦悩は、ラビが相談役を担うが、コミュニティ自体の意義を疑問視するソニアにとって、ラビの助言は無意味である。そこでこの映画はマジックリアリズムの手法を取り入れ、二人の死者——一人は十歳の時に川で溺死したソニアの最愛の兄ヨシ（Yossi）、もう一人はソニアの祖母イエッタ（Yetta）の化身である「歩き疲れた」ホームレス——を登場させ、現世からもユダヤ社会からも乖離した立場からソニアへの助言役を担わせている。

ソニアが抱くコミュニティへの不満と不服は彼女一個のものでなく、映画冒頭の、兄ヨシが少女時代のソニアに語る祖母イエッタとその母の伝説話に裏付けられている。百年前に父親の意向で学者との意に染まない結婚を強要されたイエッタの母は結婚を前に家出をし、その後突然妊婦として戻って来たので、村人は悪魔が彼女を妻にしたのだと噂する。やがて祖母イエッタが生まれ、時を経て死後天国に召されたが、神がその出自を嫌い地獄送りにし、一方サタンは自分の血縁である彼女に苦しみを与えるに忍びず、現世に戻され、以来イエッタは地上を彷徨っているというエピソードである。この逸話は、ノラ・L・ルーベル（Nora L. Rubel）が指摘するように、ヨシがユダヤ女性の反面教師としてソニアに語った話であるが（Rubel 八一）、ソニアが元来サタンの血を分けた子孫であることとコミュニティのアウトサイダーとなる可能性を示唆している。実際のソニアはエピソードとは逆に親の意向通り、敬虔な学者と結婚するが、彼女の継承した血はその破綻を予知しているのである。同時に、ヘレン・マイヤーズ（Helene Meyers）も指摘するように、ソニアの不満は彼女一人のものではなく、コミュニティ内の女性の不満と不服従の血脈をなぞっているのである（Meyers 六三）。

実際、コミュニティに対するソニアの違和感や拒否感は、超正統派内のジェンダーロールや女性の地位を反映したものである。ユダヤ社会、特に超正統派社会は男性優位の社会で、男性の学問の追求を第一とし、妻はその援助をするという役割分担が尊重される。ソニアの夫メンデルはその典型で、彼は路上でのラビの話しを聴くために車の運転を途中で投げ出し、最愛の亡き兄に因《ちな》んで、子供にヨシと命名したいソニアの希望を却下し、ラビの名に肖《あやか》って「シミー」と名付ける人物である。家庭では、家事や育児はソニアに任せっきりで、自身は遅くまで勉強に勤しみ、性生活は「産めよ、増やせよ」の教えに倣う一つの宗教的行為と化し、ソニアの性的快楽追及の振る舞いも非難する。メンデルの行ないは全て宗教第一であるが、超正統派の性別役割から見れば、それは宗教的理想を体現しており、妻ソニアは他の女性同様、メンデルの勉強を陰ながら援助することが当然視されている。ソニアを気遣う義姉レイチェル（Rachel）も、ジェンダーロールを順守する女性ゆえに、彼女の苦悩は理解できずにいるのである。

むしろソニアの鬱屈した気持ちを察知するのは義兄のセンダー（Sender）である。センダーは経済的に裕福な宝石商で、弟思いの兄として振舞っている。しかし内実は、税金逃れの違法な宝石店を営み、メンデルに対して嫉妬心を抱いている。というのも、超正統派内では、学問の追求が富の追求以上に重視され（Rubel 八六）、弟の方がより評価されているからである。ゆえに、センダーはコミュニティ内の潜在的な不平分子であり、それゆえソニアの内部に宿る他者性を見抜き、二人はいわば似た者同士と言える（Meyers 六三）。センダーはさらに父譲りのソニアの宝石鑑定力を買って、彼女に自分の宝石店の買い付けと販売を任せることで不満分子としての連帯を深め、彼女がコミュニティの外の世界を知る機会を与える。その意味で、彼はソニアに自由を与える「送り手」（sender）と言えよう。

一方、センダーは自由の見返りとして、ソニアに性交渉を迫り、肉体的にもコミュニティの不平分子としての連帯を強める。ネイサン・エイブラムス（Nathan Abrams）は、彼を「蛇」（一四六）と称している。エイブラスムはそれ以上論を進めていないが、ソニアにコミュニティから出る機会を提供しており、そこに失楽園の蛇との共通性を見て取ることも可能であろう。但し、同じ不平分子であっても、センダーはソニアとの間に一線を画し、彼女との不倫の最中に『箴言』第三一章を口ずさみ、ソニアをルビーの価値がない女性と侮蔑している。自らの背徳を棚に上げ、ソニアを貶めるセンダーの発言には、ユダヤ社会の男性優位の体制が透けて見えよう。思えば、センダーが最初にソニアの宝石鑑定力を試すために、本物ではなく偽物のルビーを見せたのも、ソニアに対する彼の本質的な軽視を反映している。

他方ソニアは、男性は醜く、センダーは最も醜悪と彼に言い返し、男性優位と女性蔑視の考えに異を唱える。既存秩序に対する彼女の反発はこれだけに留まらない。それは食生活にも表れ、チャイナタウンでは、豚肉の入った春巻きを人目も憚らずに食し、コーシャの戒律を意に介さなくなる。さらには、自分の理想とする指輪を求め、他のコミュニティの男性、つまり、宝石店の店員で、趣味で指輪のデザインをしているプエルトリコ人のラモン（Ramon）とも接触する。ラモンはタンクトップから逞しい二の腕を覗かせるマッチョな男性で、性交渉の場でも全裸とならない夫メンデルとの明確な身体的対照を映し出している。ラモンのデザインする指輪も一糸纏わぬ男女をモチーフとした官能的作品であり、露出の少ない服装とウィッグを強要する超正統派世界とは異なる世界の他者を具現化している。彼の家にはキリストの彫像や絵画が所狭しと陳列されており、褐色の肌の男女が集い、ソニアにとってラモンの属する世界は宗教的／人種的／身体的に異質なる「他者」が集う空間と言えよう。ルーベルによれば、ユダヤ世界の男性と正反対の属性をもつラモンを配することで、彼女のコミュニティに対する拒絶の強さを強調しており（Rubel 八八）、ソニアのコミュニティ外での仕事は、単なる物理的な離間だけでなく、彼女の価値観そのものの変化を助長するのである。

しかし、コミュニティ外の「他者」との接触を快く思わないセンダーによって、ラモンとの親密な関係が吹聴され、メンデルからは離婚申請され、義姉レイチェルからは子供との面会を拒絶され、センダーからは宝石店を追い払われ、一方的に自らの私的／公的領域から完全に追放される。ソニアの実家も、妹たちの縁談に差し障りがある危険性から、ソニアの出戻りを拒絶する。彼女は文字通り彷徨える人と化し、祖母イエッタの辿った道程を敷衍《ふえん》し、彼女の宿命を予定調和的に踏襲するのである。一方で、助言役を担う歩き疲れた女とヨシが、ソニアが進むべき道として彼女をラモンの家へと先導し、彷徨える人を救う役割を果たす。翌朝ベッドでラモンの隣に横たわるソニアは、再び姿を現したヨシに「自分が泳いだ」と告げ、一線／川を越えたことを告白する。この言葉は、金槌にもかかわらず川泳ぎに出たヨシの溺死を踏まえており、兄は無謀な挑戦によって命を落としたが、ソニアは「泳ぎ切り」、超正統派から一線を画す決別の言葉を言い放つのである。

しかし、ソニアはコミュニティから一方的に排除される女性に終始しない。センダーに「私は自由だわ」と言い放ち、男性優位のユダヤ世界に別れを告げ、不平分子ながらコミュニティから脱する勇気のない彼を沈黙に追いやる。離縁を通告した夫メンデルも、妻の不在を痛感し、育児を委ねた姉レイチェルから子供を引き取り、学問一辺倒から父としての自覚に目覚める。果てはソニアの許を訪れ、誕生日プレゼントとして真正のルビーを彼女に贈り、子供への面会も奨励する。ソニア追放の余波は周辺の者に影響を与え、マイヤーズはソニアをコミュニティの中の「触媒」と称している(Meyers 六五)。

この時、ソニアは「ルビー以下の価値」の女性であり続けるのであろうか。映画冒頭にてヨシがソニアの誕生日に贈ったルビーや、センダーがソニアの鑑定力を図るために彼女に差し出したルビーは共に偽物であり、ソニアが「ルビー以下の価値」の女性であったことを示唆している。しかし、メンデルからの本物のルビーの贈り物は、ソニアが真正のルビーを身につけるに値する女性であることを物語っている。つまり、この映画は、宗教的束縛の網の目から抜け出て、自己主張する女性の在り方を支持しているのである。

ゆえに、ソニアがルビーを受け取り、メンデルとの結婚生活をやり直す単純なハッピー・エンディングを用意していない。映画のエンドロールはむしろ超正統派社会から逃れるソニアを示唆している。エンドロールと共に、ソニアが受け取ったルビーが、ラモンのデザインした金製の台座に収まる過程が映し出されている。その台座には男女が互いに手を差し伸べている意匠が施されており、監督ボアズ・イエーキンの説明によれば、この指輪は「完全な全体」を表現している(Yakin 一二八)。マイヤーズはその意味を、異なる価値――男と女、宗教と芸術、超保守的社会と世俗的社会や、精神と肉体——といった二項対立的価値観の融和を図るものと説明しており（Meyers 六八）、そこに超正統派コミュニティを脱した女性の可能性を象徴している。

この宗教的共同体に反発する女性を「ルビー以上」と見做す描写は、ユダヤの「親愛なるアビー（Dear Abby）」として知られるコラムニストのヘレン・ラトナー（Helen Latner）の同名小説 *A Price Above Rubies*（2016）に引き継がれている。この小説も超正統派社会の戒律に反発し、自由を求める女性ブルーメ・スパイサー（Blume Speiser）を描いているが、ナオミ・シェパードがそうした女性を皮肉を込めて「ルビー以下」と表したのに対し、映画同様に「ルビー以上」と名付けたことは、ユダヤ女性の自立に対する意識の高まりと無縁ではないであろう。

3　レインボーな女とブラックな男

『しあわせ色のルビー』では、コミュニティから疎外された女性の行き場は、人種／民族の異なる異性の他者であった。しかし、この映画でも一箇所だけ、ソニアが義姉レイチェルにキスをせがみ、同性愛に心の拠り所を求める場面がある。結果はレイチェルに一顧だにされず、以後同性愛の可能性が仄めかされることはない。アルダーマンが感じた「新しいエルサレム」以前には、カミングアウトしないレズビアンはまだ不可視化されていたのである。けれども、その場面は超正統派社会に適応できない女性の行き場の一つを予兆として示しており「あたらしいエルサレム」以後、男性の同性愛を描いてきた映画は、女性の同性愛にも目を向け始めたのである。その意味で、次に扱う『ロニート』は、超正統派社会におけるレズビアンたちの先駆けとなるであろう。

　映画は小説の原作者アルダーマンが生まれ育った町で、北ロンドンのヘンドンにある超正統派のコミュニティを舞台としている。厳格な宗教的束縛に耐え切れず、ニューヨークに移住したラビの娘ロニート・クルシュカ（Ronit Krushka）が、父の訃報を聞いて帰郷し、そこで幼馴染であるエスティ（Esti）と亡《な》きラビの後継者となる旧友ドヴィッド（Dovid）と再会する。ロニートとエスティはかつて同性愛の関係にあったが、ロニートが故郷を去った後、エスティはドヴィッドと結婚し、小学校教員として「信仰深い」（frum）生活を送っている。しかし、ロニートの再来によって、彼女との関係をエスティは復活させ、それを契機にエスティは「不服従」な態度を取り、夫ドヴィッドにも大きな波紋を投げかけるという粗筋である。

　ロニートの父であるラヴ・クルシュカ（Rav Krushka）が、シナゴーグにて説教を行なっている場面から映画は始まる。メヒツァー（ヘブライ語で「分け隔て」の意）によって、男性がシナゴーグ一階の祈祷席、女性が男性の祈祷席から隔てられた二階席に座を占める映像は、ユダヤ社会における男女の分離と、男性の中心性／女性の周縁性を可視化している。その状況下、ラビは人間の反抗心や自由意思、選択の必要性を聴衆に説くが、説教中に息絶え、その演説は彼の最期の言葉＝遺言と化す。同時に映画終盤でドヴィッドが亡きラビのこの言葉を自らの演説の中で引き合いに出しており、それは映画全体に流れる通奏低音を形成しているのである。

死んだラビの姿を残し、映画は次にマッチ・カットによって、ラビと同じく白髪の髭の老人を映し出すが、彼の胸にはキリスト像が刻み込まれ、全身もタトゥーだらけである。その老人の姿を写真家ロニートがファインダー越しに捉え、父同様に老人であっても、彼女の対面する相手は、キリスト教圏の人間であり、彼女が異教の世界に生きていることを視覚的に伝えている。同時に、タトゥーによって皮膚＝テクスチャ全体を書き換えた老人を写すロニート自身が、クルシュカという名前を捨て、ロニー・カーティス（Ronnie Curtis）という名に自身を書き換えており、被写体との間の親和性が強調されている。さらに言うならば、Curtisという名が「品行方正な」の意味を内包しており、「品行方正」を自認する正統派社会を皮肉ってもいるのである。

父の訃報を耳にしたロニートは、バーのトイレで行きずりの男性と性交渉をし、ロックフェラーセンターにあるアイススケートリンクのロッカールームで、自らのTシャツの胸元を引きちぎってしまう。表面的な読みをすれば、そこに絶縁とはいえ父の死を知った彼女の動揺とやるせなさを読み取ることは容易であろう。しかし、この二つの行為には各々別の意味を見出すことも可能である。前者の行為には異性愛も受け入れる、二つの世界で揺れ動くアイデンティティの不確かさ、後者の行為には露出の少ない服装を強要する正統派社会への反動が投影されている。

ロニートの揺らぎと反発は帰郷した際にも際立っている。彼女の（未遂を含む）振舞い――ドヴィッドとの再会のハグ、丈の短いスカートでの食事会への出席、結婚や出産の否定、シェイテル（sheitel）の着用は、ユダヤ社会の戒律――異性との身体的接触や露出の多い服装の禁止、「産めよ、増やせよ」の教え、既婚女性のみのウィッグ着用――に対する明確な挑戦である。ロニートは以前にも増して、異質なる価値観を有し、ホモジニアスな共同体にとって危険分子と化しているのである。

ゆえに、ロニートへの共同体の態度は峻厳である。父ラビの死亡記事では子供なしと記載され、遺言にも彼女の名前はなく、ラビの住居や財産は全てシナゴーグへと遺贈されることになっている。ロニートへの父死亡の一報も、エスティが秘密裏に伝えたことであり、コミュニティは完全に彼女の名前を抹消し「他者」へと追いやったのである。彼女に対するコミュニティの忌避的な姿勢は、名前の消去のみならず、間接的な形でも表現されている。映画評論家マイケル・スラゴウ（Michael Sragow）は、ドヴィッドの家で聖歌隊によって歌われる「エルサレムよ、もしもわたしがあなたを忘れるなら」（"If I forget thee, O Jerusalem"）には、故郷を捨てたロニートに対する非難が込められていると指摘している（Stragow）。また、もたつくロニートに代わって、エスティがロニートの実家の扉を開けてやる場面は、ユダヤ社会が彼女に文字通り門戸を閉ざしている状況を象徴していよう。

しかし、コミュニティの結束が盤石かと言うと、一概にはそうとも言えない。亡きラビの後継者ドヴィッドは、コミュニティ内の問題――住宅難や失業、若者のドラッグ――を口にし、この共同体にも時代の流れが確実に押し寄せていることを示唆している。内憂外患とばかりに、ドヴィッドの家庭も安泰ではない。妻エスティは小学校教師として次世代の担い手にユダヤ的価値観を移植し、夫婦共々、共同体の維持・強化・発展を図る役割を帯びている。しかし、ロニートの反コミュニティ的言動と振舞いに感化され、エスティの反発的な欲望が徐々に浮かび上がってくる。彼女が授業でウィリアム・シェイクスピア（William Shakespeare）の悲劇『オセロ』（*Othello*）を子供に教える場面は、エスティ自身の来るべき嘘と裏切りを示唆していよう。授業の後に、共に訪れたロニートの実家では、ラジオからイギリスのロックバンドであるザ・キュア（The Cure）の「ラヴソング」（"Lovesong"）が流れ、その歌詞である「君と二人でいる時はいつも／自分が家にいるみたいに感じさせてくれる」や「どんなに遠く離れていても／僕は君を愛している」が二人の心情を代弁する役割を担っている。これらの演出はいずれも、ロニートとエスティがコミュニティの掟を破り、過去のレズビアンな関係を再構築することを後押ししているのである。実際二人はその場で再び接吻を交わし、過去をなぞるように性交渉を行ない、互いに身体を愛撫し、陰部を弄りあい、官能と快楽の声を上げる。その場面は、純粋に子孫を残すための行為と化し、前戯もなく、快楽の声を発すことも許されず、沈黙を余儀なくされたドヴィッドとの性交渉と対照的に描かれている。異性愛の特権である、エスティの下口に注入される精液も、ロニートの口から垂れ流され、エスティの上口が受け止める涎によって補完され、性交渉に付随する快楽や官能は彼女たちの同性愛によって代補されており、二つの比較を通じて、逆にユダヤ的異性愛が異質なものとして映し出されている。

　ユダヤ的価値を纏っていたエスティの身体は、ロニートとの性的交渉によって、レズビアン的身体に再び書き換えられるのである。ロニートが、シェイテルを脱ぎ捨て、タバコを咥えるエスティを捉えた写真は、超正統派の宗教的コードからもヘテロセクシャルな性規範からも逸脱した女性として彼女の真実を記録するのである。その夜、ドヴィッドがエスティの身体に触れようとするも彼女が拒絶するのは、ヘテロセクシャルな身体への更なる上書きの拒否と言えよう。そればかりでなく、異性愛の結実である妊娠が判明したにもかかわらず、ドヴィッドとの結婚生活の初期化＝離婚を訴える。ロニートとの性交渉によって内から発せられた快楽の声はエスティを沈黙から解き放ち、自らの声でもってコミュニティと夫に対して「不服従」の態度を表明するのである。

一方、エスティが表した「不服従」はドヴィッドの動揺と変容を迫り、その変化は亡きラビ・クルシュカの追悼式にて明らかとなる。ドヴィッドは演説用の原稿を脇に追いやり、聴衆に対して臨席するロニートを亡きラビの子として紹介し、抹消されていた彼女の名前と存在を回復してやる。その後、故ラビの最期の演説で語られた、人間の選択や自由をドヴィッドは引き合いに出すが、彼の言葉は奇しくもコミュニティから脱したロニートの選択と結び付いていよう。ドヴィッドは自らを媒介として、コミュニティを離れる選択をした彼女の行動を許容する父の最期の言葉＝遺言をロニートに婉曲的に伝えたのである。同時に彼の言葉は、ロニートの隣に座す妻エスティに対して、彼女の望む選択の自由を告げ、離婚と二人の女性の再結合を暗に容認している。しかし、ユダヤ社会の戒律を破るロニートとエスティの選択と行為を間接的にせよ認めるドヴィッドの言葉は、コミュニティの次期指導者という立場からすれば不適当で、彼は故ラビの後継者たる資格がないと宣言し、演説途中で退出する。シナゴーグを出たドヴィッド、その後を追うエスティ、さらに続くロニートの三人は、この時点でコミュニティに「不服従」な者と化し、彼（女）らの抱擁は戒律を前に苦悩する者達の小さな共同体を成している。

しかし、エスティはドヴィッドによって選択の自由を許可され、ロニートからもニューヨークでの同居を提案されながら、コミュニティへの残留を選択する。選択の自由を容認されたエスティは、逆にその自由を与えられたことで、ドヴィッドに対する信頼を増したのである。他方、ロニートは、亡きラビの最期の演説を通して、自らの選択を追認してくれた父の墓に立ち寄り、父の埋葬場所を写真のレンズに収める。その様子をさらに映画のカメラのレンズが捉え、二つのレンズの入れ子構造を通して、父子間の理解が印象づけられているのである。

4　まとめに代えて――フィクション／ノン・フィクションの狭間で

（超）正統派のコミュニティにも、外の世界の動向は決して無縁ではない。フェミニズム運動の高まりによって、宗教的共同体の中で不満を抱く女性たちにスポットライトが当たり、一九九〇年代のユダヤ映画では男性中心主義や厳格な宗教的戒律に嫌気を指すコミュニティ内の女性たちが声を上げ始めるようになった。二一世紀に入ると、ＬＧＢＴに対する意識に同調するかのように、ユダヤ映画はセクシュアリティの在り方を取り上げ、超正統派が課す強制的異性愛に不満を覚える者たちの声を拾い上げようとしている。スキナジが『ロニート』を「タイムリーな映画」と称したのは的を射た言葉であろう（Skinazi）。

時代の影響を反映するように、本論で扱った二つの映画の中の女性の行く末もハッピー・エンディングとは言えないが、さりとてトラジック・エンディングとも限らない。『しあわせ色のルビー』では復縁はしないが、メンデルの変容と彼のソニアに対する理解や、ラモンによる救いが提示され、『ロニート』ではエスティに選択の自由が与えられ、ロニートと亡き父との間には一種の和解を図られ、三人の女性は夫や父から一定の理解を得ている。メンデルやドヴィッドがイェシバの教師やラビというコミュニティの中心的存在であることを斟酌《しんしゃく》すると、そこに共同体自体の変容の兆《きざ》しを見て取る事ができるかもしれない。

しかし、映画というフィクションを離れた現実の超正統派の社会では、彼女たちの行く末は今なお前途多難である。『ガーディアン』(*The Guardian*)紙の二〇一八年十二月二日の記事にて、ハリエット・シャーウッド(Harriet Sherwood)は『ロニート』がアルダーマンの小説の映画版であると共に、超正統派に属する同性愛者エミリー・グリーン(Emily Green)(仮名)の実話でもあると述べている。エミリーは、自らの性的傾向を隠蔽したまま結婚をし、夫婦生活に耐えきれず離別を図った女性である。彼女は夫のみならず彼女の両親にも非難され、教師の職も剥奪され、法廷闘争の末、子供の親権は認められたが、実の親も含むコミュニティとの繋がりは断絶されたままである。コミュニティを脱する彼女に対する理解や歩み寄りは見られず、この逸話とて仮名のもとにしか公表できない現実からは、超正統派の排他的かつリアルな反応を見て取ることが出来よう。

映画は映画でもドキュメンタリー映画も現実の超正統派コミュニティを脱した者の行く末をよ

りリアルに描いており、二〇一七年にネットフリックスによって配信された『ワン・オブ・アス』(*One of Us*)では三人の男女のハシド派社会からの離脱者にスポットライトを当てている。そこには、これまで生きてきた共同体とあまりに異なる外的世界に不適応で、過去／現在のいずれの世界においてもアイデンティティを確立できず、精神的安住を得られない者たちの苦悩が浮き彫りになっている。写真家として活躍するロニートとは異なり、たとえ宗教的共同体を脱しても、コミュニティから何の援助も得られず、異なる世界で順応できない人間は少なくない。

その点からすれば、本稿で挙げた二作品は超正統派社会を脱した女性の現実を忠実に捉えているとは言い難い。マイヤーズは『しあわせ色のルビー』論を展開する小見出しを、"Leaving with a Blessing"(Meyers 六二)としてその楽観性を示唆し、エブラは『ロニート』における二人のレズビアンへの肩入れが犠牲者としてのステレオタイプ化を助長していると指摘し(Yebra 三八)、そのリアリズム性を疑問視している。これらの論者の主張は確かに妥当で、この二つの映画の弱点を言い当てていよう。一方で、ソ連の詩人ウラジミール・マヤコフスキー(Vladimir Mayakovsky)の名言「芸術は世界を映す鏡ではなく、世界を形作るハンマーなのだ」(Samuels 一〇)を敷衍すると、芸術同様に映画も現実の反映というより、有り得べき現実を作ろうとする役割を担っているのかもしれない。そうであるならば、映画の中の女性たちの行く末と(超)正統派社会が示した反応は、個人とコミュニティの望ましい相互変容の第一歩を示しているとも言えよう。

引用・参考文献

Abrams, Nathan. *The New Jew in Film: Exploring Jewishness and Judaism in Contemporary Cinema*. New Brunswick: Rutgers UP, 2012.

Alderman, Naomi. “Coming Out: Naomi Alderman on Leaving Orthodox Juddaism Behind.” *The Guardian*. 24 Nov. 2018. web. <https://www.theguardian.com/books/2018/nov/24/naomi-alderman-disobedience-faith-sexuality-leaving-community> accessed 30 Mar. 2020.

——. *Disobedience: A Novel*. London: Penguin Books, 2006.

Goodstein, Laurie. “FILM; An Unorthodox Portrayer (Betrayer?) of Hasidism.” *The New York Times*. 12 Apr. 1998. web. <https://www.nytimes.com/1998/04/12/movies/film-an-unorthodox-portrayer-betrayer-of-hasidism.html> accessed 5 Feb. 2020.

Latner, Helen S., *A Price Above Rubies*. Scotts Valley, CA: Createspace Independent Publishing, 2016.

Meyers, Helene. *Identity Papers: Contemporary Narratives of American Jewishness*. New York: SUNY Press, 2011.

Risker, Paul. “Disobedience Is Essential: Interview with Filmmaker Sebastián Lelio.” *Pop Matters*. 3 Dec. 2018. web. <https://www.popmatters.com/disobedience-sebastin-lelio-interview-2622254526.html> accessed 1 Feb. 2020.

Rubel, Nora L. *Doubting the Devout: Ultra-Orthodox in the Jewish American Imagination*. New York: Columbia UP, 2010.

Samuels, Andrew. *The Political Psyche*. New York: Routledge, 2016.

Shepherd, Naomi. *A Price Below Rubies: Jewish Women as Rebels and Radicals*. Cambridge: Harvard UP, 1993.

Sherwood, Harriet. "Agony of Orthodox Jews Caught Between Two Worlds." *The Guardian*. 2 Dec. 2018. Web. <https://www.theguardian.com/world/2018/dec/02/disobedience-film-orthodox-jews-lgbt-rights-rachel-weiez> accessed 25 Mar. 2020.

Skinazi, Karen E. H. "Disobedience: New Film Shines a Light on LGBT+Lives in Orthodox Jewish World." *The Conversation*. 12 Feb. 2018. web. <https://theconversation.com/disobedience-new-film-shines-a-light-on-lgbt-lives-in-orthodox-jewish-world-107735> accessed 23 Jan. 2020.

Sragow, Michael. "Deep Focus: Disobedience," *Film Comment*. 26 Apr. 2018. <https://www.filmcomment.com/blog/deep-focus-disobedience/> accessed 29 Mar. 2020.

Yakin, Boaz. *A Price Above Rubies*. London: Faber and Faber, 1998.

Yebra, José M. *The Poetics of Otherness and Transition in Naomi Alderman's Fiction*. Newcastle upon Tyne: Cambridge Scholars Publishing, 2020.

第9章　『わが心のボルチモア』と『リバティ・ハイツ』

――バリー・レヴィンソンの描くジューイッシュ・コミュニティ――

伊達　雅彦

1　はじめに

バリー・レヴィンソン（Barry Levinson）は、一九四二年メリーランド州ボルチモアに生まれたユダヤ系の映画監督・脚本家・プロデューサーである。アメリカのユダヤ系映画監督と言えば、ウディ・アレン（Woody Allen, 一九三五―）やスティーヴン・スピルバーグ（Steven Spielberg, 一九四六―）がつとに有名だが、レヴィンソンは、年代的にはアレンとスピルバーグの間に位置する監督である。やはり同じユダヤ系のメル・ブルックス（Mel Brooks, 一九二六―）との出会いを契機に映画界に入り、着実に地歩を固めて来た。そうした彼の名前を一躍有名にしたのは、やはり一九八八年監督作の『レインマン』（*Rain Man*）だろう。第六一回アカデミー賞作品賞の受賞作であり、彼自身にも監督賞をもたらした。このアカデミー賞の受賞歴で見ても、アレンが『アニー・ホール』（*Annie Hall*）で作品賞・監督賞を受賞したのが一九七七年、スピルバーグが『シンドラーのリスト』（*Schindler's List*）で両賞を受賞したのが一九九三年であり、レヴィンソンの受賞時期は二人の受賞時期の間に位置している。

彼のフィルモグラフィを概観すれば『グッドモーニング、ベトナム』（*Good Morning, Vietnam,* 一九八七）や『バグジー』（*Bugsy,* 一九九一）『スリーパーズ』（*Sleepers,* 一九九六）『ワグ・ザ・ドッグ』（*Wag the Dog,* 一九九七）等、社会派のシリアス系作品が多いものの、一方ではSF系、娯楽系の作品もある。競争の激しいハリウッドにあり、硬軟合わせて多様な作品を撮り続け実績を積み上げてきた映画人というのがレヴィンソンのおそらく一般的なイメージだろう。では、特に「ユダヤ系監督」として見た場合はどうだろうか。彼はハリウッドでどのように、あるいはどの程度の割合でユダヤ人を描いてきたのか。

メル・ブルックスにその脚本の執筆を薦められた一九八二年の監督デビュー作、つまりキャリアの出発点『ダイナー』（*Diner*）に着目すると、そこにはやはりユダヤ系の人物が登場する。後続作品の一九八七年の『ティンメン』（*Tin Men*）、一九九〇年の『わが心のボルチモア』（*Avalon*）、一九九九年の『リバティ・ハイツ』（*Liberty Heights*）も含めこれら四作品の舞台はいずれもボルチモアであり、主人公たちは等しくみなユダヤ系だ。このボルチモア・シリーズに、彼のユダヤ系アメリカ人としてのアイデンティティが程度の差こそあれ反映されているのは明らかである。本稿では、上記のボルチモア・テトラロジーの中から『わが心のボルチモア』と『リバティ・ハイツ』を主に取り上げ、バリー・レヴィンソン作品に表象されるユダヤ人や彼らを取り巻くジューイッシュ・コミュニティを考察し、その特徴を考えてみたい。

2　『ダイナー』と『ティンメン』――ボルチモア・シリーズの起点

『ダイナー』の背景は一九五九年十二月、五人の若者を中心に据えた青春群像劇で、彼らは皆ユダヤ系である。ただ、この五人を演じたケヴィン・ベーコン、ミッキー・ローク、スティーヴ・グッテンバーグ、ダニエル・スターン、ティモシー・デイリーの内、実際のユダヤ系俳優はグッテンバーグとスターンの二人しかいない。あるインタヴューでのレヴィンソンの言葉を借りればこのデビュー作は「自伝的青春物語」で、自分の実体験を五人の主人公に少しずつ均等に投影させたそうだ。[1]だが、劇中で彼らが「ユダヤ系」と明確化するのは物語の終盤である。グッテンバーグ演じるエディが結婚することになり、その結婚式をラビが取り仕切り、参列者がキパを被っているシーンでようやく彼らがユダヤ系と判明する。とはいえ、その事実が明らかになったからと言って特にそこから彼らのエスニシティが特別視されるわけではないし、ユダヤのアイデンティティが焦点化されることもない。つまり、この作品においてユダヤ性は極力抑制された形でしか表出しない。レヴィンソンのデビュー作ではあるが、彼のジューイッシュ・アイデンティティの一部が反映されただけであり「ユダヤの若者」を強調しているとは言えない。つまり「ユダヤの若者」ではなく「普通の若者」を描いただけである。実際、若者の日常を恣意的に切り取っただけで、「取り立てて筋のない映画」と酷評されることもある。しかし、レヴィンソンの脚本は第五十五回アカデミー賞脚本賞にノミネートされ『ニューヨーカー』(*The New Yorker*, June 2018) 誌上、辛口の映画評で知られるポーリン・ケイル (Pauline Kael) からも高評価を受けた(2)。

では『ティンメン』の場合はどうか。舞台は一九六三年、二人のアルミ製建築資材を販売するセールスマン、いわゆるティンマンの二人が主人公である。『ダイナー』に登場する『フェルズ・ポイント・ダイナー』(簡易食堂) は、『ティンメン』や『リバティ・ハイツ』にも出てくるが、レヴィンソンによれば自分たちが当時屯《たむろ》していたダイナーの座席の隣席にティンマンたちがよく座っていたという。『ティンメン』も、そうした彼の記憶内のボルチモアを部分的に再現した作品なのである。ボルチモアは一八二六年に開通したボルチモア・アンド・オハイオ鉄道の起点であり、歴史的に見ても商業都市として発展してきた。

セールスマンは土地所有が不可欠な農業等と異なり、裸一貫で渡米した移民にとって手軽に就きやすい職業だった。何のスキルもなく、高度な技能職に就けない場合、ましてや店舗の所有もできない状態で生計を立てるために適した仕事としてセールスマンがあった。加えて民族的に流浪の歴史を背負ったユダヤ系移民にとって「歩き回る」セールスマンは表象上の親和性も高い。例えばユダヤ系劇作家アーサー・ミラー (Arthur Miller) の代表作『セールスマンの死』(*Death of a Salesman*,

一九四九）は、そのタイトルが明示しているように一人のセールスマンが主人公である。主人公ウィリー・ローマンは「セールスマン」として戦後アメリカ社会と対峙させられている。[3]

職業的特性として自己裁量の部分が大きいセールスマンは、それ故、創意工夫の余地が多い。『ティンメン』において、そうした商業上のアイデアは、商魂の逞しさとして顕在化している。だが、それは裏を返せば商売敵との熾烈《しれつ》な競争が存在することを物語っており、歴史的に見てもユダヤ人の商売はアメリカに移民し社会に定着するための生存競争そのものだったのである。そのため商業的工夫を重ね、結果として商売上手になった。常に利益至上主義を孕《はら》み、時に拝金主義に傾き、高じれば詐欺的・犯罪的な側面をも持つ「工夫」なのだ。『ティンメン』の登場人物たちも表面上、ユダヤ系とは明示されていない。マイナス面の多いティンマン故に、むしろ、同胞として意図的にユダヤ系であることを伏せられている可能性もある。いずれにせよ「ユダヤ移民と職業」の視点は、次のボルチモア・シリーズ『わが心のボルチモア』でも見る事ができる。

3　『わが心のボルチモア』――「非」ユダヤ移民物語

『わが心のボルチモア』で描かれるクリチンスキー一族は、二十世紀初頭に東欧からアメリカに移民後、ボルチモアのジューイッシュ・コミュニティに根を下ろす。『アメリカン・ジューイッシュ・イヤーブック』（*American Jewish Yearbook*）によれば、一九〇五年のボルチモア（主に東ボルチモア）には約二万五〇〇〇人のユダヤ人が住んでいた。主人公サム・クリチンスキーは、一九一四年に船でフィラデルフィアに着き、既に渡米していた三人の兄が暮らすボルチモアにやってくる。正確な出身地に関する情報は作品内では明示されない。ファミリー・ネームから判断してポーランドやウクライナと言った東欧のどこか、というところだろう。サムは壁紙職人としての技術を兄達から習得しアメリカでの生活をスタートさせる。その後、店を持ちバーテンダーや内装業等に従事しながら、移民後のアメリカでの家庭生活を維持する。移民二世世代となる彼の息子ジュールスもやはりセールスマンである。やがてジュールスは従兄弟のイジーと共に起業し、その努力と才覚で成功を収める。移民社会アメリカの低層部から社会的上昇を果たし、アメリカン・ドリームを実現する。

結果、彼らはクリチンスキー一族が近隣に暮らす集合住宅が立ち並ぶアヴァロン移民地区から、「庭付き一戸建て」に住む郊外族となる。郊外族が成立するためには実際は「家」だけではなく「車」という街中への移動手段の確保も同時に必要だった。他のボルチモア・シリーズと同様、この『わが心のボルチモア』の背景にある五〇年代アメリカはJ・K・ガルブレイス（John Kenneth Galbraith）が評した「ゆたかな社会」だ。大量生産・大量消費の物質主義時代で、第二次世界大戦後アメリカが世界の超大国として加速した時代でもある。ビッグ・スリーと呼ばれたGM、フォード、クライスラー社製の車が飛ぶように売れ、大衆レベルにまで普及し本当の意味でアメリカ社会におけるモータリゼーションが完成した。レヴィンソン作品でも「車」が使われるシーンは殊の外多い。『わが心のボルチモア』でも『リバティ・ハイツ』でも、パステルカラーのキャデラック等「大きくて美しいアメリカ車」が成功の象徴として意図的に使われている。

移民地区から郊外へという物理的な居住空間の移動はとりもなおさずジューイッシュ・コミュニティからの離脱に他ならない。大人数の一族の中にはアメリカ社会に適応し成功を収める者もいるし、適応できずに惨めな境遇に甘んじる者もいる。身内であれば、彼らを称賛し祝福する者もいただろうが『わが心のボルチモア』で描かれるのは身内の祝福ではなく、むしろ嫉妬である。レヴィンソンは、経済的困窮の中での移民家族の一致団結を描きながらも、経済的格差の拡大で移民一族というコミュニティが分裂していく経緯に視線を向けている。東欧からのユダヤ系移民、つまり単なる同胞レベルでの関係性であれば問題はないが『わが心のボルチモア』に見られる親類縁者で形成されるジューイッシュ・コミュニティの場合は、その崩壊過程は複雑であり迷走的である。家族的な人間関係は心理的にも法的にも容易に解消できるものではない。ジューイッシュ・コミュニティからの離脱は血縁者に対するある種の背信行為なのだ。

クリチンスキー家の分裂は、故郷の東欧ではなく移民後のアメリカ社会で起こる。一致団結していたユダヤ系一族は、内部に社会的成功者を生むことで経済的格差が生じ崩壊する。「自由の国」に移民して彼らが得たものは平等ではなく格差であった。原題の「アヴァロン（Avalon）」とは言うまでもなくアーサー王伝説に登場する伝説の島の名前である。レヴィンソンがそれを理想郷の代名詞として捉えていたとすれば『わが心のボルチモア』という邦題は彼のボルチモアに対する郷愁すなわちこのクリチンスキー一族にとっての理想郷はどこであったのかという問いかけである。

こうした社会的成功と表裏になって『わが心のボルチモア』に見られるのは、彼らユダヤ人のアメリカ社会への同化プロセスである。例えば、ジュールスはアンと結婚する際、苗字を「クリチンスキー（Krichinsky）」から「ケイ（Kaye）」に改名する。すなわち「ジュールス・クリチンスキー」は「ジュールス・ケイ」となる。二世世代のジュールスはユダヤ人としてのアイデンティティが刻まれたファミリー・ネームを保持することよりも、出自不明のアメリカ人になることの方に意味を見出すのである。彼らはアメリカでサバイバビリティを最大限に発揮せねばならない状況に置かれている。東欧系の名前である「クリチンスキー」を捨て改名することで、つまりユダヤ系移民というアイデンティティを隠蔽し、自らをアメリカナイズすることで、差別や偏見を回避し社会的成功を収め生き残る。(4) 彼らはこうしてユダヤ人から「アメリカ人」になっていく。

だが、この作品で注目すべきは「クリチンスキー」という東欧起源のユダヤ系の名前でありながら、それが殊更に強調されない点である。そのため「ユダヤ人からアメリカ人へ」というこの変化が実は明確には示されない。サムは先祖伝来の苗字を捨てた息子に「俺たちは家族なんだぞ」と激昂するが、決して「俺たちはユダヤ人なんだぞ」という怒声は上げない。レヴィンソンを「ユダヤ系監督」と認識している観客には「クリチンスキー」という名前から相補的に主人公たちがユダヤ系一族と作品冒頭から容易に判断できる。しかし、製作者サイドの情報、作品外部の間接的情報が無い場合、初手から彼らをユダヤ系と断定するには「クリチンスキー」の名前だけでは判断材料としては乏しい。作品内部での彼らの日常生活にはユダヤ教やユダヤ文化を示唆する具体的事象は皆無なのである。つまり、この作品は登場人物たちを「ユダヤ系」と明示することに積極的とは言えない。

しかし、それでも『わが心のボルチモア』がユダヤ系家族を巡る物語である確度は作品の進行と共に上がっていく。作品中盤、主人公サムの妻エヴァに第二次世界大戦で生き別れになった弟シムカがヨーロッパで存命していることが判明する。家族で渡米しクリチンスキー家の人々との邂逅の場面、弟シムカが実はナチスの迫害に会い「強制収容所」に囚われていた過去が語られる。状況的に言ってホロコーストへの言及であり、故に彼らが「ユダヤ系移民」であることを強く印象づける。ただしこの場面でも語られるのは単なる「強制収容所」という言葉のみであり「ナチス」も「アウシュヴィッツ」（等の強制収容所の名前）も言語化されない。厳密に言えば、ナチスの「強制収容所」には非ユダヤ人も収容されていた。この場面、レヴィンソンは、そうしたホロコーストのエピソードを挿入しながらも彼らの「ユダヤ系設定」を前景化させるのを意図的に避けているように見える。エヴァの埋葬シーンでも親類縁者はキパを頭に載せてはいない。画面にはラビの姿もなく、カディッシュも聞こえない。『ダイナー』の結婚式シーンのようにキパを被る人々は『わが心のボルチモア』では登場しないのである。

エヴァの葬儀シーンでは、こうしたユダヤを明示する部分はなく、寒風の吹きすさぶ中、悲嘆に暮れるクリチンスキー家の人々の暗鬱な表情が映し出されるだけである。葬儀の参列者の外観からは彼らがユダヤ系であることは全く分からない演出になっている。視覚的には彼ら自身にユダヤ系の記号はない。だが、画面をつぶさに観察して見るとエヴァの埋葬区画に隣接する他人の墓石にダヴィデの星が刻まれているのが映し出される。つまり、そこはおそらくユダヤ人墓地なのである。

このように『わが心のボルチモア』ではユダヤ性の表出が微妙にコントロールされ、顕在化していない。主人公たちがユダヤ系であることはほぼ確実であるにも関わらず、一方ではそれに明確なエビデンスは与えられないのである。後述する『リバティ・ハイツ』内で、レヴィンソンはヤセル（ユダヤ人）とトレイ（非ユダヤ人）という二人に『セールスマンの死』についてある会話をさせる。トレイが「作者アーサー・ミラーはユダヤ系」であることを根拠に主人公のローマン一家はユダヤ系なのか、と俎上に載せる。するとヤセルがあの物語は「普遍化」（universal）されていると指摘、ビフやハッピーという「変な」名前を付けることでユダヤ色を消していると説明する。もし「ユダヤ系」を明瞭化した場合、観客は「セールスマン」の話ではなく「ユダヤ系セールスマン」の話だと思ってしまうだろう、と。つまり「ユダヤ系セールスマン」の設定が前面に出ると「普遍的な物語」ではなくなり「特殊な物語」になってしまうというのである。恐らくこれと同じ意識が『わが心のボルチモア』にも作用している。レヴィンソンはこの物語を「ユダヤ系移民家族」に特化したものではなく、「移民家族全般」の物語にしたかったのであろう。

レヴィンソンは祖父の昔語りを参考にしたと言う(5)。しかし、彼は「ユダヤ系移民家族」の崩壊劇ではなく、単なる「移民家族」の崩壊劇を目指した。移民の時期、日常生活、言葉の問題、異文化世界からの人々の存在を提示しつつその同化プロセスを巡る悲喜劇を描くことで、ファミリー・ヒストリーのみならず移民国家アメリカのナショナル・ヒストリーをも射程に入れたのである。

それは例えば、オープニングに一瞬だけだが映じられる、ある歴史的銘板で示唆されている。その銘板の中央に刻されているのはフランシス・スコット・キー、言うまでもなくアメリカ合衆国国歌『星条旗』の歌詞を書いたその人である。一八一二年から始まる米英戦争中の一八一四年九月十三日、ボルチモア港に面したマクヘンリー砦はイギリス海軍の激しい艦砲射撃を受けていた。この時キーは、敵艦に拘束されていたが、翌九月十四日早朝、海上からマクヘンリー砦に目を向けると、そこには星条旗が悠然と風にはためいていた。マクヘンリー砦はイギリス海軍の猛攻に耐え抜いたのである。キーはその光景に胸を打たれたという。その時に書いたのが「マクヘンリー砦の防衛」という詩で、これが後にアメリカ国家の歌詞に採られることになる。

冒頭の場面、サムは自分がボルチモアにやって来たのは一九一四年七月十四日だったと孫たちに昔語りをする。つまり彼が移民としてボルチモアに来たのは、アメリカ国歌誕生の契機となったマクヘンリー砦の戦いからちょうど百年後の独立記念日に設定されている。画面に映るのは、いくつもの星条旗が揺れる祝祭ムードのボルチモア市街とそこを行きかう楽し気な人々である。夜空は花火に彩られ、その明滅に浮かびあがるのはワシントン記念碑だ(6)。初代大統領を称えたモニュメントだけにナショナル・アイデンティティを意識しない方がおかしいだろう。そしてこのモニュメントの北東側の角に位置するのがマウント・ヴァーノン・プレイス合同メソジスト教会で、その正面入口左側の壁に先のフランシス・スコット・キーの銘板が埋め込まれている。ボルチモアのマクヘンリー砦がアメリカ国歌誕生の契機となった歴史的な場所なら、ボルチモアはやはりアメリカのアイデンティティ形成に関わる土地だと言えるだろう。ボルチモアのジューイッシュ・コミュニティの成立を考える場合、同時にボルチモアがそうしたアメリカのナショナル・アイデンティティ形成の場であったことも考慮に入れる必要がある。

あるインタヴューでレヴィンソンはこの映画が焦点化している対象は五〇年代におけるテレビの影響力だ、と語っている。(7) だとすれば彼がより比重を置きたかったのは「移民家族」の内の「移民」ではなく「家族」の方だったのではないか。自らのアイデンティティを描けばそれは結局「ユダヤ系」を描くことになる。ファミリー・ヒストリーを描けば、それはとりもなおさず「移民」の「家族」になるし、延《ひ》いては彼の家族が所属したジューイッシュ・コミュニティを描くことに繋がる。確かに『わが心のボルチモア』にはテレビの登場によってそれまでの「家族の団欒」が崩壊する様子が描かれている。

4 『リバティ・ハイツ』――「逸脱」の主人公

ボルチモア・テトラロジーの中でユダヤ的要素が最も顕在化しているのは『リバティ・ハイツ』

である。ローレンス・J・エプスタイン（Lawrence J. Epstein）が指摘するように（一一二）、『わが心のボルチモア』では「ユダヤ人（Jew）」や「ユダヤの（Jewish）」という言葉は一度も使われない一方で、『リバティ・ハイツ』では冒頭からの最初の一分でそうした言葉が十回以上出てくる。舞台はやはりボルチモアで、そこに暮らすカーツマンというユダヤ系の家族が描かれる。主人公兼語り手のベンは、その家の次男で高校三年生、他に大学に通う兄ヴァン、父ネイト、母アダ、祖母ローズがいる。ベンを演じているベン・フォスター、ヴァンを演じるエイドリアン・ブロディ、アダ役のビビ・ニューワース、ローズ役のフラニア・リュービニックは皆ユダヤ系である。つまり父親ネイトを演じるジョー・マンテーニャだけが非ユダヤ系で、他の四人は実際にユダヤ系の俳優陣で固められている。(8) キャスティングから既にレヴィンソンの「ユダヤ系家族」設定への強い意識が感じられる。これは前述した『わが心のボルチモア』の主人公一家の配役と比較すればある程度頷ける。すなわち、主人公サムを演じたアーミン・ミューラー＝スタール、その妻エヴァ役のジョーン・プロウライト、息子ジュールス役のエイダン・クイン、ジュールスの妻アン役のエリザベス・パーキンス、孫のマイケル役のイライジャ・ウッド、この中に実際のユダヤ系俳優は誰もいない。

見方によっては、ここまでのボルチモア・シリーズをボルチモア・トリロジーと括り、この『リバティ・ハイツ』を前三作とは異なるライン上の単体作品と見なした方が妥当かもしれない。発表時期も、一九八二年の『ダイナー』発表後五年目の一九八七年の『ティンメン』、更に三年後の一九九〇年の『わが心のボルチモア』とこの三作品は八年間で立て続けに撮られているが、『リバティ・ハイツ』はそこから九年後の一九九九年の製作で、発表年代的にも少し離れている。この作品におけるレヴィンソン自身のユダヤ性、あるいはエスニシティ全般に対する意識は前の三作品とは明らかに一線を画している。同じボルチモアを舞台にしていることで分類的にこれらをテトラロジーとして括れるが、彼の製作上の意図や心理としては『リバティ・ハイツ』はそれ以前のトリロジーと同列的ではなかったのではないだろうか。

繰り返すがボルチモア・トリロジーは、レヴィンソンの故郷ボルチモアを背景に採用しているが、ユダヤ性という点に関しては、それを殊更に強調している訳ではない。そこに特別な視線は向いていないと言った方がよく、むしろ意識的に中心から外しているように思える。「ユダヤ」は主要な題材ではなく副次的な要素に過ぎず、背景として垣間見えている程度である。結果的に言えば、(言及はされていないが)ジューイッシュ・コミュニティは物語の後景で見え隠れしているだけである。

その点、同じボルチモアを舞台にした『リバティ・ハイツ』においてユダヤ性は明確に打ち出されていて、エスニシティの問題が正面から捉えられている。ボルチモア・シリーズ四作目にしてようやくユダヤ性を問題にした作品になったと言ってもいいだろう。だが、もちろんそこにあるユダヤ性は反ユダヤ主義に浮き彫りにされる被差別の形での提示である。

時代背景は一九五四年秋、冒頭、高校生の主人公ベン・カーツマンは次のように語る。「まだ小学校低学年の頃、近所に住んでいたのはほとんどがユダヤ人で、世界はユダヤ人で成り立っていると思っていた」。しかし学年が上がるごとに彼のその認識は変更を余儀なくされていく。ユダヤ人はむしろマイノリティであり「世界の九九パーセントはその他の人々で成り立っていた」と彼は言葉を継ぐ。そして、彼がその現実を人種差別の形で痛感することになるのが友達とプールに行く場面である。プールの入り口には「ユダヤ人、犬、黒人はお断わり」("NO JEWS, DOGS, OR COLOREDS ALLOWED")の看板がかかっている。少年たちは看板自体にも反発するが「犬」よりも前に「ユダヤ人」が拒絶されているその記述の順番に一層憤慨する。つまり「ユダヤ人は犬以下」なのか、と。

いずれにせよ一九五〇年代までは、法的にではなく現実的に、ボルチモアに暮らすユダヤ人に対してプールやベンチの使用が制限されていた。「ユダヤ人使用禁止」や「白人のプロテスタント専用」と書かれた標識や看板が街のそこかしこにあった。[9] ギルバート・サンドラー(Gilbert Sandler)もその著書でレヴィンソンが『リバティ・ハイツ』の中でこうした場面を生き生きと描いていると指摘している。(*Glimpses* 一一七)ユダヤ人を取り巻くそうした社会環境は差別的であり、反ユダヤ主義はプールだけではなく海岸や公園でも変わらず、ひいては日常の近所付き合いの中にも存在したと言う。

ベンの父ネイトの職業は、バーレスク(コメディとストリップ・ショーがメインのいわゆるアメリカン・ボードビル)の劇場経営である。しかし、五〇年代に登場したテレビの影響で客足が落ち、経営状況は悪化する。テレビの普及による家族団欒や庶民の娯楽の形態の変化については、『わが心のボルチモア』でもレヴィンソンは着目し、ジュールスとイジーが経営する家電量販店の成功という形でその普及プロセスを映像化していたが、ここではショー・ビジネス界への影響をも併せて確認できる。合法と違法の境界線上の彼らの商売は常に危険と背中合わせで、結果として、ネイトは劇場のサイドビジネス的な違法賭博が原因のトラブルで逮捕される。軽度の違法行為なのだが、マン法違反と脱税の罪で禁固十年の重い判決を受け、連邦刑務所への収監が決まる。この場面、ローゼンバーグ事件が引用され反ユダヤ主義的な風潮の存在が語られるエピソードも用意される。ベンがプールで体験する反ユダヤ主義より遥かにシリアスな事例と言える。物語の最終盤、カーツマン家の別離の舞台として選択されたのはシナゴーグである。ユダヤ式礼拝が行なわれカンター（朗詠者）の声が朗々と響く中、ネイトは出頭するため中座すると妻と二人の息子を残しシナゴーグを去っていく。

このようなシナゴーグでの礼拝シーンや自宅玄関脇の壁のメズーザーに手を触れるシーンなどから、カーツマン一家がハシド派ほどではないもののジューイッシュ・コミュニティを尊重する敬虔なユダヤ教徒だと分かる。だが、その一方、ベンのキャラクタリゼーションは従来のユダヤ人表象の中では「型破り」で異彩を放つ。例えば、彼はクラスメートのシルヴィアというアフリカ系の女の子に興味を持ち好意を寄せる。背景の一九五四年は、その年の五月一七日に合衆国最高裁判所で「人種分離をした教育機関は本来、不平等」といういわゆるブラウン判決が出た年である。その事実を反映しラジオから「全ての公立学校で人種統合の新政策が導入」のニュースが流れてくるシーンも挿入されている。結果として、ベンの高校にもシルヴィアのようなアフリカ系の学生が在籍しているのだが、現実的には人種差別が色濃く残った人種統合のいわば船出時代、ユダヤ系のベンがアフリカ系のシルヴィアに接近することは逸脱であり「型破り」なのである。実際、ベンのシルヴィアを評した「魅力的」（attractive）や「かわいい」（pretty）という言葉を聞いた母アダは「死にたいわ」（Just kill me.）と思わず嘆く。一方のシルヴィア自身も、当初はベンのアプローチに困惑し、彼女の父親（アフリカ系の裕福な医者）も「白人の男の子」ベンとの交際を認めない。だが、ベンは果敢にシルヴィアに接近し、アフリカ系のジェームズ・ブラウンのコンサートにも共に足を運ぶ。また、ハロウィーンの仮装では、あろうことかヒトラーの仮装をして家族や友人を仰天させる。第二次世界大戦後、ホロコーストの惨禍からまだ十年にも満たないこの時代にあってユダヤ人自身が、たとえ仮装であってもヒトラーを甦らせるなどメル・ブルックス的な風刺精神を宿していない限り許容範囲外の行為と言えよう。

物語終盤、高校の卒業式終了後、互いに歩み寄るベンとシルヴィア。「これからも連絡を取り続けよう」と別離のキスを交わすが、その光景を目撃した双方の両親は狼狽と憤慨を隠せない。五〇年代半ばにハイティーンの年代にあるベンとシルヴィアがとった自然な行為でも、彼らの親世代には到底受け入れられない。人種統合が始まったばかりの五〇年代のアメリカの大人世代はベンとシルヴィアの人種を越えた交友関係に反対なのである。だが、ここでもそうした社会の慣例を躊躇なく乗り越えていくリベラルなユダヤ系ベンの姿が描かれる。

作品後半、ベンが友達二人と出かけるのは前述の同じプールである。だが、様々な社会経験を積んだベンは、今度は「ユダヤ人お断わり」の看板を躊躇なく取り外すと、それをゴミ箱に投げ入れる。レヴィンソンがベンの「型破り」な姿を通して描いているのは、当時の社会規範やジューイッシュ・コミュニティそのものを揺さぶろうとする「挑戦者」の姿に他ならない。『リバティ・ハイツ』（自由の丘）というタイトルが示すようにユダヤ人にとっての真の自由とは何か、「ユダヤ系」という名の束縛からの自由の意味を問いつつも、しかし、レヴィンソンは父ネイトが収監前の最後の抱擁を交わす際、息子たちに対し「ジューイッシュ・コミュニティに恩返しをせよ」と語らせることも忘れてはいない。

5　おわりに

ローレン・R・シルバーマン（Lauren R. Silberman）によれば、十八世紀中葉、ユダヤ人が最初に足を踏み入れた時、ボルチモアは水の汚い港町に過ぎず、将来が見えない混沌とした状態だった。時間の経過と共に人口の流入が続き、次第に町が大きくなるにつれてジューイッシュ・コミュニティの人間も増えていく。ユダヤ系の人々は一八三〇年にボルチモア史上初のユダヤ教信徒団を結成し、一八四〇年に初めてラビを迎え入れた。今日、ボルチモアはアメリカ国内に存する多様なジューイッシュ・コミュニティにとって本部的な存在であり、約十万人のユダヤ人が都市部に暮らしている。『アメリカン・ジューイッシュ・イヤーブック』によれば二〇一八年現在、メリーランド州全体では二十三万六六〇〇人のユダヤ人が居住しており、州人口に占める割合は三・九％、これはニューヨーク州の八・九％、マサチューセッツ州の四・三％に次いで全米第三位の数値である。合衆国全体でのユダヤ人の人口比が二・一％であることを考えると高い数値と言えるだろう。

ボルチモアのジューイッシュ・コミュニティと一口に言っても、そこには結束が強固なコミュニティもあれば、そうでないものもあり種々雑多である。超正統派ハシド派は規律が厳しく結束が強い事で知られるが、ジューイッシュ・コミュニティを宗教的集団として見た場合でも、例えば一九四五年には五十六もの異なった宗派（congregation）がボルチモアに存在していたことからもその多様性は容易に想像ができよう。「ボルチモア人レヴィンソン」にしてみれば、こうしたユダヤ系移民の多様性を「ユダヤ」のレッテル一枚で包括的に表現することに同じユダヤ系としてむしろ違和感や抵抗があるのかもしれない。

レヴィンソンは自らのアイデンティティにユダヤ性を自覚し、自伝的な要素として利用し、映画にユダヤ人を登場させてはいるものの、それを作品世界のハブ（中心部）には置いていない。むしろ作品によっては後景的であり副次的な要素になっている。ボルチモア・トリロジーと『リバティ・ハイツ』に見られるように彼は作品に応じてユダヤ性のテーマに強弱を付け、ジューイッシュ・コミュニティをある時は後景に置き、またある時は前景に置くなど自由に演出ができる技巧派と言えるだろう。彼のアメリカ内部のジューイッシュ・コミュニティを見る視線は、他者の視線ではない。彼の視座は既にアメリカ社会の内側にあり、眼前に存する社会は拒絶の対象としてのそれではなく、既に同化がある程度完成し安住の地となったアメリカ社会の内側からの眼差しということになるだろう。

彼のボルチモア・シリーズを見る限りボルチモアという要素こそがやはりハブであり、そこを起点に多方面にテーマが分岐していく形を採っている。「ユダヤ」的要素はハブではなく、そこから延びるテーマのひとつに過ぎない。先に『ダイナー』『ティンメン』『わが心のボルチモア』の三作品と『リバティ・ハイツ』の同列性に疑問を呈した。しかし、それは「断絶」を指摘したのではない。テトラロジーであろうとトリロジー・プラスワンであろうと『わが心のボルチモア』と『リバティ・ハイツ』には確固とした連関がある。正確に言えば、レヴィンソンは『リバティ・ハイツ』の製作時に『わが心のボルチモア』を意識して繋がりを持たせた。それは、両作品の最終盤にほとんど同じセリフが出てくるからである。『リバティ・ハイツ』では、大人になったベンが回想の中で語る。

「もし、何もかも消えると分かっていたら、もっと記憶に刻み込んでいたのに」

『わが心のボルチモア』においてこのセリフは最晩年、高齢者用施設で暮らすサム・クリチンスキーが口にする言葉である。成人し結婚した孫のマイケルはサムに面会するため施設を訪れる。まだ幼い彼の息子、つまりサムのひ孫を伴って。軽度の認知症を患うサムだったが、マイケルにひ孫の名前を聞くと「生きている者の名前をつけてはいかん」と語る。実は彼のひ孫は彼と同じサムという名前なのである。マイケルは愛する祖父の名前を息子に付けたのだ。マイケルの父ジュールスは前述の通り、クリチンスキーというファミリー・ネームを捨て改名している。郊外族となり移民地区というジューイッシュ・コミュニティを離れ、ユダヤの出自を隠蔽することでアメリカ社会への同化を目指した。しかし、その息子マイケルは祖父サムのファースト・ネームを自分の息子に付けたのだった。失われし「クリチンスキー」というファミリー・ネームへの回帰ではなく、サム個人との絆に家族の、つまりユダヤの記憶を託したのである。

註

（1）『ザ・ディレクターズ　バリー・レビンソン』東北新社・二〇〇〇年（DVD）にレヴィンソンの各種インタヴューが収められている。

（2）ちなみにポーリン・ケイルもユダヤ系である。
https://www.cinafilm.com/movies/diner-1982/reviews/98988192-levinsons-dialogue-feels-fresh-improvised-yet-hits-its-mark-every/

（3）ミラーは主人公ウィリーをセールスマンに設定するだけではなく、隣人のチャーリーを会社経営者、その息子バーナードを弁護士にする等、ユダヤ系を連想させる職業に就かせている。そしてウィリーの死に際し、チャーリーに「セールスマンは根無し草的存在」とその流浪性をも語らせる。

（4）『リバティ・ハイツ』においても、ユダヤ系の登場人物の一人「ヤセル」がＷＡＳＰ主催のパーティに参加する際、自分を「ヤセル（Yussel）と呼ぶな。イェーツ（Yeats）と呼んでくれ」とユダヤ的な名前の変更を求めるシーンが出てくる。

（5）**註**（1）参照

（6）一八一五年に建設が始まり一八二九年に完成したので、歴史的にはワシントンＤＣに在るワシントン記念碑よりも古い。

（7）**註**（1）参照

（8）ジョー・マンテーニャ（Joe Mantegna）自身は、名前から判別できるようにイタリア系である。しかし、彼の師でもあるユダヤ系映画監督デヴィッド・マメットの一九九一年監督作『殺人課』（*Homicide*）でマンテーニャは主人公のボルチモア市警察殺人課の「ユダヤ人刑事」ボビー・ゴールドとして登場してくる。つまりマンテーニャは外見的には「ユダヤ人」として違和感なく十分通用する、ということなのであろう。

（9）ギルバート・サンドラー（Gilbert Sandler）の著作によれば、当時、ユダヤ人はこうした差別に対して抗議・反発するわけでもなく、プールの入場制限等も取り立てて気にしてはいなかった。それは、ユダヤ人の入場を許していたプールも一方では存在していたからということである。

引用・参考文献

Epstein, Lawrence J. *American Jewish Films. The Search for Identity*. Jefferson: McFarland & Company, Inc., 2013.

Erens, Patricia. *The Jew in American Cinema*. Bloomington: Indiana University Press, 1984.

Rosten, Leo. *The New Joys of Yiddish*. New York: Three Rivers Press, 2001.

Sandler, Gilbert. *Jewish Baltimore*. Baltimore: The Johns Hopkins University Press, 2000.

———. *Glimpses of Jewish Baltimore*. Charleston: The History Press, 2012.

Silberman, Lauren R. *The Jewish Community of Baltimore*. Chicago: Arcadia Publishing, 2008.

Yaffe, James. *The American Jews*. New York: Random House, 1968.

あとがき

本書は日本ユダヤ系作家研究会の二〇一九年度の活動成果の一部である。今回の共著出版企画のテーマは「ジューイッシュ・コミュニティ」。この企画案の原案が決まったのは二〇一八年九月二十二日に日本女子大学で開催された本研究会の九月定例会の時である。（本研究会は、毎年三月は岡山、九月は東京で講演会・研究発表会を定期的に開催している）。前提的テーマ「ユダヤ系文学」に果たして、どのようなキーワードをかけ合わせれば新しい視座を得られるか、今回もまたそこが悩みどころとなった。

「ああでもない、こうでもない」という議論を経て、当初提案され一応の賛同を得たのは「ユダヤ系文学に見る都市と自然」だった。しかしながら「ユダヤ系文学と都市」の方は成立するとしても（というか、むしろベロー、マラマッド、ロスといういわゆるユダヤ御三家の作品を中心に既に過去様々に論じられてきた）「ユダヤ系文学と自然」の方は一瞬「？」となる感じがある。もちろんベローの『雨の王ヘンダソン』のような作品もあるので、そのテーマ設定が無理難題とまではいかないが

「都市」というお題に比べれば対象作品を思いつくのが難しいことも確かである。挑戦し甲斐のあるテーマかもしれないが、「都市と自然」で会員に投稿を募れば、「都市」に偏るのは火を見るよりも明らかだった。そこで「自然」を「田舎」と読み替えて、都市や田舎に共通して存在するものとして「ユダヤ人共同体（ジューイッシュ・コミュニティ）」という対象を論じることにした。用語的に言えば「シュテトル」や「ゲットー」が反射的に想起されヨーロッパにおけるジューイッシュ・コミュニティがイメージされるかもしれないが、アメリカの各地で形成された移民街としてのコミュニティ等もその対象とした。

「ジューイッシュ・コミュニティ」は、過去の出版企画（文末参照のこと）で採択されたキーワードと比べると、守備範囲がかなり「限定的」と言えるだろう。前回の企画が「記憶と伝統」という包括的テーマを基にしていただけに今回は的が「絞られた」感じがあり、その分ピンポイントで狙える反面、逆に言うと的が「狭い」ためか、執筆参加者はここ数年の出版企画の中で最も少なかった。もちろん、これまでの企画の中でも「ジューイッシュ・コミュニティ」が「全く手つかず」だったわけではなく、部分的にはある程度論じられてきた。本書で興味を持たれた方は本協会の過去の論集にもお目通し頂ければ幸いである。

この「あとがき」を書いている現在（二〇二〇年四月十一日）、世界中で新型コロナウィルスが猛威を振るい、日本でも人々は罹患の危険に晒されている。ひと月前の三月十一日、ＷＨＯ（世界保健機関）はパンデミックを宣言したが、終息の気配は未だに感じられない。「人類対ウィルス」というＳＦジャンルでしかお目にかからないようなセットフレーズが新聞の見出しに躍るほど地球規模で感染が広がり続けている。アメリカのジョンズ・ホプキンズ大学の集計によると全世界での感染者数は約一五〇〇万人、その内の約九万人が死亡した。ＩＭＦ（国際通貨基金）は「一九二九年の世界大恐慌以来の不況」の到来を予測している。

ユダヤ世界に目を転じると、イスラエルでは九千人以上の感染が確認され、六十人が死亡した。感染者の約半数は、ユダヤ教超正統派のハシド派の人々だという。彼らの居住地区ブネイブラクでの感染状況は特に酷く、住民の約四割が罹患している可能性があるとイスラエル保健省は警鐘を鳴らしている。ユダヤ教の伝統を保持するためイスラエル政府は、信仰心が篤く敬虔なユダヤ教徒であるハシド派に特権を与えてきた。ハシド派はイスラエルの全人口の約十二パーセントを占めるが、男性は宗教研究に携われば就労せず政府からの補助金で生活ができる。子だくさんで知られ出生率は約六パーセントと高く、拡大家族が密集して暮らす。政府勧告よりも自分たちの宗教的指導者の指示に従う傾向があり、教義上の理由からテレビ・ラジオ・ネットといった一般的なメディアとも距離を置いている。そのために政府がシナゴーグでの礼拝を規制した際も、正確なウィルス情報を知らないままに、それを無視して礼拝を続けた。結果として、彼らのジューイッシュ・コミュニティは大規模感染に見舞われる悲劇を生んだ。「敬虔さ」が裏目に出た格好である。彼らにとって「神の規律」は「政府の規律」よりも遥かに重く尊いものなのだ。「ハシド派にとってナチス・ドイツによるホロコースト以来の最大の脅威」とイスラエルのメディアは報じている。ブネイブラクはイスラエル政府により封鎖された。

日本も東京・大阪を含めた七都府県に史上初となる緊急事態宣言が発令されるまでに状況は悪化している。予定されていた東京オリンピック・パラリンピックも来年二〇二一年に延期となった。開催が決まり日本中が歓喜に沸いた時のことを想えば、想像を絶する事態である。まさに今、我々は歴史的な大事件の渦中にいる。新聞やネットには「コロナ危機」「コロナ戦争」「コロナ不況」「コロナ疎開」という暗い言葉が並び、穏やかな日常は失われてしまった。人々はコロナ情報に日々翻弄され、社会は閉塞感に包まれている。

アルベール・カミュの『ペスト』（一九四七）の文庫版邦訳を出版している新潮社によれば、コロナ・ショック下のこの二か月で十五万部が増刷されたという。過去二十年の平均で、毎年五千部ペースの増刷というから、この二か月で三十年分が一挙に増刷された計算になる。映画でも二〇〇九年の『感染列島』（瀬々敬久監督）や二〇一一年の『コンテイジョン』（スティーブン・ソダーバーグ監督）というおよそ十年前の日米のウィルス感染パニック映画がここにきて言及され始めた。個人的には（世代的には）四十年前、一九八〇年公開の『復活の日』（深作欣二監督）を思い出す。新型ウィルスの出現で南極大陸に八六三名を残して人類が死滅する物語だ。崩壊する医療現場に立ち尽くす医師を演じた緒形拳が言う。「どんなことにだって終わりはある。どんな終わり方をするかだ」と。『復活の日』の原作者は小松左京、彼がこの本を世に送り出したのは一九六四年、つまり前回の東京オリンピックの年である。先見の明があったとは言えさすがの小松も、ここまでの巡り合わせを予想していたわけではあるまい。

本書が無事出版の運びになる頃までには、当たり前の毎日が戻っていることを願って止まない。

最後に、本書の出版をご快諾頂いた彩流社の竹内敦夫社長、また編集者の朴洵利さんに感謝の意を表したい。本研究会としては、『ユダヤ系文学と「結婚」』から数えて五冊目となる彩流社からの出版である。

二〇二〇年 四月
新型コロナウィルス禍の直中、緊急事態宣言下のさいたまにて

伊達 雅彦

本協会の過去の出版企画の成果としては次のようなものがある。
二〇〇九年『ユダヤ系文学の歴史と現在』（大阪教育図書）
二〇一二年『笑いとユーモアのユダヤ文学』（南雲堂）
二〇一三年『新イディッシュ語の喜び』（大阪教育図書）※翻訳

二〇一四年『ユダヤ系文学に見る教育の光と影』（大阪教育図書）
二〇一五年『ユダヤ系文学と「結婚」』（彩流社）
二〇一六年『ホロコーストとユーモア精神』（彩流社）
二〇一七年『ユダヤ系文学に見る聖と俗』（彩流社）
二〇一九年『ユダヤの記憶と伝統』（彩流社）

索引

ページ番号に付された記号（*）は、本文中の註に登場することを表している。

◆人名・作品

【ア行】

【カ行】

【サ行】

【タ行】

【ナ行】

【ハ行】

【マ行】

【ヤ行】

【ラ行】

【カ行】

【サ行】

【タ行】

【ヤ行】

【ラ行】

【ワ行】

トとユーモア精神』（彩流社、2016年）、『ユダヤ系文学と「結婚」』（彩流社、2015年）、『ユダヤ系文学に見る教育の光と影』（大阪教育図書、2014年）、『ゴーレムの表象　ユダヤ文学・アニメ・映像』（南雲堂、2013年）。**共著書**：『エスニシティと物語り――複眼的文学論』（金星堂、2019年）、『ソール・ベローともう一人の作家』（彩流社、2019年）、『彷徨える魂たちの行方――ソール・ベロー後期作品論集』（彩流社、2017年）、『衣装が語るアメリカ文学』（金星堂、2017年）、『アメリカ映画のイデオロギー――視覚と娯楽の政治学』（論創社、2016年）、『アイリッシュ・アメリカンの文化を読む』（水声社、2016年）、『映画で読み解く現代アメリカ　オバマの時代』（明石書店、2015年）、『アメリカン・ロードの物語学』（金星堂、2015年）など。**共訳書**：『新イディッシュ語の喜び』（大阪教育図書、2013年）。

内山 加奈枝（うちやま・かなえ） 日本女子大学准教授

共編著書：『作品は「作者」を語る――アラビアン・ナイトから丸谷才一まで』（春風社、2011年）。**論文**：「村上春樹とポール・オースターの「テクスト」を読む孤児たち――「個」を生きるための記憶と想像力」（『日本女子大学紀要文学部』第67号、2018年）、「カフカの遺産相続人として――ポール・オースターにおける主体の回帰」（『比較文学』第55号、2013年）、"Narrating the Other between Ethics and Violence: Friendship and Politics in Paul Auster's *The Locked Room* and *Leviathan*." (*Studies in English Literature*, English Number 51、2010)、"The Death of the Other: A Levinasian Reading of Paul Auster's *Moon Palace*." (*Modern Fiction Studies* 54(1)、2008) など。

中村 善雄（なかむら・よしお） 京都女子大学准教授

共編著：『ヘンリー・ジェイムズ、いま―没後百年記念論集―』（英宝社、2016年）。**共著**：『ユダヤの記憶と伝統』（彩流社、2019年）、『エスニシティと物語り――複眼的文学論』（金星堂、2019年）、『繋がりの詩学――近代アメリカの知的独立と〈知のコミュニティ〉の形成』（彩流社、2019年）、『アメリカ文学における幸福の追求とその行方』（金星堂、2018年）、『エコクリティシズムの波を越えて――人新世を生きる』（音羽書房鶴見書店、2017年）、『ユダヤ系文学に見る聖と俗』（彩流社、2017年）、『ホロコーストとユーモア精神』（彩流社、2016年）、『ホーソーンの文学的遺産――ロマンスと歴史の変貌』（開文社、2016年）、『身体と情動：アフェクトで読むアメリカン・ルネサンス』（彩流社、2016年）、『ユダヤ系文学と「結婚」』（彩流社、2015年）など。

伊達 雅彦（だて・まさひこ） 尚美学園大学教授 ＊編者

共編著書：『ユダヤの記憶と伝統』（彩流社、2019年）、『ホロコースト表象の新しい潮流 ユダヤ系アメリカ文学と映画をめぐって』（彩流社、2018年）、『ユダヤ系文学に見る聖と俗』（彩流社、2017年）、『ホロコース

年)、『日米映像文学は戦争をどう見たか』(金星堂、2002年)。**論文**:「イーサン・コーエン短編集『エデンの門』にみるユダヤのユーモア」(『シュレミール』第15号、2016年)、"Bernard Malamud's Works and the Japanese Mentality"(*Studies in American Jewish Literature* 第27号、2008年)など。**共編訳書**:『新イディッシュ語の喜び』(大阪教育図書、2013年)。

杉澤 伶維子(すぎさわ・れいこ) 関西外国語大学教授
著書:『フィリップ・ロスとアメリカ』(彩流社、2018年)。**共著書**:『ユダヤ系文学に見る聖と俗』(彩流社、2017年)、『彷徨える魂たちの行方——ソール・ベロー後期作品論集』(彩流社、2017年)、『ホロコーストとユーモア精神』(彩流社、2016年)、『変容するアメリカの今』(大阪教育図書、2015年)、『ユダヤ系文学と「結婚」』(彩流社、2015年)、『災害の物語学』(世界思想社、2014年)、『ユダヤ系文学に見る教育の光と影』(大阪教育図書、2014年)、『英米文学を読み継ぐ——歴史・階級・ジェンダー・エスニシティの視点から』(開文社、2012年)、『笑いとユーモアのユダヤ文学』(南雲堂、2012年)、『ユダヤ系文学の歴史と現在——女性作家、男性作家の視点から』(大阪教育図書、2009年)など。**共編訳書**:『新イディッシュ語の喜び』(大阪教育図書、2013年)。

佐川 和茂(さがわ・かずしげ) 青山学院大学名誉教授
著書:『文学で読むピーター・ドラッカー』(近刊)、『希望の灯よいつまでも 退職・透析の日々を生きて』(大阪教育図書、2020年)、『青春の光と影 在日米軍基地の思い出』(大阪教育図書、2019年)、『楽しい透析 ユダヤ研究者が透析患者になったら』(大阪教育図書、2018年)、『文学で読むユダヤ人の歴史と職業』(彩流社、2015年)、『ホロコーストの影を生きて』(三交社、2009年)、『ユダヤ人の社会と文化』(大阪教育図書、2009年)。**共編著書**:『ホロコーストとユーモア精神』(彩流社、2016年)、『ユダヤ系文学と「結婚」』(彩流社、2015年)、『ユダヤ系文学に見る教育の光と影』(大阪教育図書、2014年)など。

書：『ユダヤ系文学に見る教育の光と影』（大阪教育図書、2014年)、『新イディッシュ語の喜び』（大阪教育図書、2013年)。

広瀬 佳司（ひろせ・よしじ） ノートルダム清心女子大学教授 ＊編者

著書：『増補新版 ユダヤ世界に魅せられて』（彩流社、2020年)、『増補版 ユダヤ世界に魅せられて』（彩流社、2019年)、*Yiddish Tradition and Innovation in Modern Jewish American Writers*（大阪教育図書、2011年)、*Shadows of Yiddish on Modern Jewish American Writers*（大阪教育図書、2005年)、*The Symbolic Meaning of Yiddish*（大阪教育図書、2000年)、『ユダヤ文学の巨匠たち』（関西書院、1993年)、『アウトサイダーを求めて』（旺史社、1991年)、『ジョージ・エリオットの悲劇的女性像』（千城、1989年)。**共編著書**：『ユダヤ系文学に見る聖と俗』（彩流社、2017年)、『ホロコーストとユーモア精神』（彩流社、2016年)、『ユダヤ系文学と「結婚」』（彩流社、2015年)、『ユダヤ系文学に見る教育の光と影』（大阪教育図書、2014年)、『笑いとユーモアのユダヤ文学』（南雲堂、2012年)、『越境・周縁・ディアスポラ——三つのアメリカ文学』（南雲堂フェニックス、2005年)、『ホロコーストとユダヤ系文学』（大阪教育図書、2000年）など。**訳書**：『ヴィリー』（大阪教育図書、2007年)、『わが父アイザック・B・シンガー』（旺史社、1999年)、共訳、監修『新イディッシュ語の喜び』（大阪教育図書、2013年）など。

鈴木 久博（すずき・ひさひろ） 沼津工業高等専門学校教授

共著書：『ユダヤの記憶と伝統』（彩流社、2019年)、『ユダヤ系文学に見る聖と俗』（彩流社、2017年)、『ホロコーストとユーモア精神』（彩流社、2016年)、『ユダヤ系文学と「結婚」』（彩流社、2015年)、『ユダヤ系文学に見る教育の光と影』（大阪教育図書、2014年)、『笑いとユーモアのユダヤ文学』（南雲堂、2012年)、『ユダヤ系文学の歴史と現在』（大阪教育図書、2009

執筆者紹介

（掲載順）

江原 雅江（えばら・まさえ）　倉敷芸術科学大学教授

共著書：『ユダヤ系文学に見る聖と俗』（彩流社、2017年）、『ユダヤ系文学に見る教育の光と影』（大阪教育図書、2014年）、『笑いとユーモアのユダヤ文学』（南雲堂、2012年）、『ユダヤ系文学の歴史と現在』（大阪教育図書、2009年）。**論文**：「成熟後の習作『叶わぬ夢』——弟子としてのイージアスカ」（『シュレミール』第15号、2016年）、「ふたりのMrs Fanshawe —— Paul Auster's *The Locked Room*」（『中四国英文学研究』第4号、2007年）など。**共訳書**：『ホロコーストとユーモア精神』（彩流社、2016年）、『ユダヤ系文学と「結婚」』（彩流社、2015年）、『新イディッシュ語の喜び』（大阪教育図書、2013年）。

今井 真樹子（いまい・まきこ）　ノートルダム清心女子大学非常勤講師

共著書：『ユダヤ系文学に見る聖と俗』（彩流社、2017年）、『ホロコーストとユーモア精神』（彩流社、2016年）、『ユダヤ系文学と「結婚」』（彩流社、2015年）、『ユダヤ系文学の歴史と現在—女性作家、男性作家の視点から』（大阪教育図書、2009年）。**論文**：「ユダヤ人作家シンガーの描くポーランドのカトリック女性「洗濯女」から見えるもの」（『シュレミール』第19号、2020年）、「Isaac Bashevis Singer: *Enemies, A Love Story* —アイデンティティの原点—」（『鶴見英語英米文学研究』第9号、2008年）「Philip Roth: *Operation Shylock* — Moishe Pipikの意味—」（『シュレミール』第2号、2003年）、「Isaac Bashevis Singer: *The Magician of Lublin*　原風景の根強さ——Yashaと Estherをつなぐもの」（『イマキュラータ』第8号、2003年）。**共訳**

ジューイッシュ・コミュニティ――ユダヤ系文学《けいぶんがく》の源泉《げんせん》と空間《くうかん》

2020年11月28日 初版第1刷 発行　　定価はカバーに表示してあります。

編　者　広　瀬　佳　司
　　　　伊　達　雅　彦
発行者　河　野　和　憲

Sairyusha

発行所　株式会社　彩　流　社
〒101-0051 東京都千代田区神田神保町3-10 大行ビル6階
TEL 03-3234-5931 FAX 03-3234-5932
ウェブサイト　http://www.sairyusha.co.jp
E-mail　sairyusha@sairyusha.co.jp
印刷　モリモト印刷㈱
製本　㈱難波製本
装幀　大倉真一郎

ISBN 978-4-7791-2705-2 C0098